最新

張克展 編著

基礎德語

最適合初學者的德語入門學習書

台北德國學校

籍教授Klose 錄音／審訂

U0118730

Inhalt
目　次

字　母
Das Alphabet

■ 編著者
張 克 展

■ 錄音者
DEUTSCHE SCHULE TAIPEI
台北德國學校　教師

Horst-Jürgen Klose
柯 洛 斯

字　　母
Das Alphabet

 **MP3-01**

德語字母表

大寫	小寫	名稱
A	a	[aː]
B	b	[beː]
C	c	[tseː]
D	d	[deː]
E	e	[eː]
F	f	[ɛf]
G	g	[geː]
H	h	[haː]
I	i	[iː]
J	j	[jɔt]
K	k	[kaː]
L	l	[ɛl]
M	m	[ɛm]
N	n	[ɛn]
O	o	[oː]

大寫	小寫	名稱
P	p	[peː]
Q	q	[kuː]
R	r	[ɛr]
S	s	[ɛs]
T	t	[teː]
U	u	[uː]
V	v	[faʊ]
W	w	[veː]
X	x	[iks]
Y	y	[ýpsilɔn]
Z	z	[tsɛt]
Ä	ä	[ɛː]
Ö	ö	[øː]
Ü	ü	[yː]
	β	[ɛs tsɛ́t]

德語大體上是採羅馬字發音

德語中的五個母音分別為 a , e , i , o , u。子音的發音，大體上也和羅馬字或英語相同。

Garten	庭園	Blut	血
Lippe	唇	rot	紅色

本書以不使用音標為原則，因為德文字母本身即如同一系列的音標，而且德語中有些音標在英文中並不被採用，即使音標相同，發音也可能有出入，使用這樣的音標，對初學者而言徒然增加負擔。

重音以第一音節為原則

德語的發音較之英語要簡單得多。只要把每個字母的發音規則抓準，即可唸出任何字彙。千萬要注意重音的位置和母音的長短。重音以第一音節為原則。

有重音的母音後面，若只跟著一個子音則發長音，跟了兩個以上的子音則發短音。

Name	姓（名）	Iris	彩虹（希神）；菖蒲
Punkt	點	Ende	終點
Boot	渡船	Kaffee	咖啡

> 註 例如 Boot , Kaffee 二字若將 o 和 e 重覆，發音成 oo 和 ee，其 o , e 之原音並沒有改變，只是把音拉長了。

ei 和 ie

二者甚易混淆，務請辨別清楚。

Arbeit	工作	hier	這裡
nein	不（英 *no*）	Liebe	愛
Freiheit	自由	Knie	膝

 如 hier 等，字尾的 r 本為一顫音，但通常皆將其母音化而不發顫音，只有在較正式的場合中，如廣播、演講時才發成顫音。

au

雖也有德國人將其發成 [au] 之音，但通常都發接近 [ao] 的音。

Haus	家	Auto	汽車
Baum	樹	Frau	婦女

變母音 ä

在德語中若於 a，o，u 之上附有 ·· 記號則為變母音Umlaut。·· 相當於 e 的發音，所以發此音時可以以發 a，o，u 的口型來發出 e 的音。例如ä 我們可先發出 [a:] 的音，其次不用合上嘴再順著原口型發出 [e:] 的音，即可發出正確的 [ä] 音。

Bär	熊	Träne	淚
Kälte	寒冷	Lärm	噪音

ä 和 e 之間發音的**不**同點：

發 ä 音時的要訣就如同前頁所述，而發 e 的長音時，則將嘴向兩側張開成「一」字形，發成 [e:] 的音，聽起來近似 [i:] 的音。而發 [e] 的短音時，也如發 ä 音時一樣，以張開的口型來發音。當您在收聽廣播、電視、光碟時，請注意其微妙的差別而牢記之。

變母音 ö

發此音時，先發出 [o:] 的音，然後順著原口型改發 [e:] 的音，即是正確的發音。這就好像吃了什麼噁心的東西而欲吐出時所發的聲音一樣。

Öl	油	hören	聽
können	能夠	öffnen	打開

變母音 ü

以發 [u:] 的口型再改發成 [e:] 的音即可。

Tür	門	grün	綠色
Hütte	茅舍	Brücke	橋

 當您無法用電腦打出 ä , ö , ü 時，不妨以 ae , oe , ue 來代替。

eu 和 äu

eu 和 äu 二者發音相同。

neu	新的	Feuer	火
Bäume	樹（複數）	Fräulein	小姐

 如 Feuer 等字尾的 -er 通常和英文中 father , mother 的 -er 一樣，發成 [ər] 的音，相當英文中的 [ə]。

不發音的 h

在德語中，任何一個字母皆有發音，不過緊跟在母音之後的 h 則例外而不發音，您不妨將 h 視為母音的延長記號。

Kuh	母牛	gehen	行走
Kohle	煤	nahe	近的

l 和 r

前者是將舌頭前端抵住上牙齦而發音；後者則是自喉嚨發出顫音，若感覺不習慣和困難，也可發卷舌音。

Lot	鉛垂，準繩	rot	紅色
lang	長的	Rang	地位，等級
Glas	玻璃（杯）	Gras	草

語尾的 b, d, g 將改變發音

b , d , g 置於字尾（或是音節末）時，則必須改變原來的音，而發成 p , t , k。

halb	（一）半的	Hand	手
Tag	日	Herbst	秋

Ach-Laut 的 ch

緊跟在 a , o , u , au等字母之後的 ch，發音時是輕輕地自喉嚨發出音來，就如同哈哈大笑時所發出的[X] 音，或是在喘氣時所發出的聲音一樣。ch 在 a的後面是發接近 [哈] 的音，在 o , au 之後，則發接近 [候] 的音，若在 u 之後，則發接近 [戶] 的音。ach! 是嘆氣時發出的聲音，所以 Ach-Laut 則被發成 ['axlaut] 音。

Nacht　夜　　　　　　　　　Tochter　女兒

Buch　書　　　　　　　　　auch　亦，也

Ich-Laut 的 ch

除了前項所述以外， ch 皆被發成無聲的 [c] 音。在國語裏面並無此音，臺語「稀罕」的「稀」字則為近似之音 [ㄏㄧ]， Ich-Laut 即唸成。

Licht　光　　　　　　　　　Recht　權利

Milch　牛奶　　　　　　　　Bücher 書（複數）

語尾的 ig = ich

字尾（或是音節末）的 ig，其發音和 ich 相同，即發成 [ic] 音。

König　國王　　　　　　　　billig　便宜的

但是 ig 之後若有母音，則通常發 g 的音。

Könige　國王（複數）　　　　billiger　比較便宜的（比較級）

j = 英 *y*

j 和英文中 *y* 的發音相同,即 [j] 的音。

ja	是的（英 *yes*）	Japan	日本
jeder	各個	Jugend	青春,青少年

v = f 和 w = 英 *v*

v 和 f 發音相同,將上排前齒接觸下唇輕輕地發[f] 的音即可。w 則是此音 [v] 的濁音。

Vater	父親	Volk	國民
Wein	酒	Wagen	車

z = ts

例如 za 相當於 [擦] 音, tz 也是發同樣的音 [ts] [次]。

Zimmer	房間	Zucker	砂糖
zwei	二	Katze	貓

母音之前的 s 發濁音

Sonne	太陽	sagen	說
sieben	七	Rose	玫瑰

β 和 ss

β 和 ss 皆發 s 音，視不同的場合而作取捨。ss 是用於二母音之間，而且前面的母音必須是短母音；其他的場合則用 β。

besser	較好的	küssen	吻
grüßen	問候	sie küßt	她吻

 當您無法用電腦打出 β 時，不妨以 ss 來代替。

sch = 英 *sh* 和 tsch = 英 *ch*

sch 發 [ʃ] 的音，tsch 則發 [tʃ] 的音。

Fisch	魚	Schuh	鞋
Deutsch	德語	Dolmetscher	（口頭）翻譯，翻譯員

字首的 sp = schp 和 st = scht

sp 和 st 在字首時，則將 s 發成 [ʃ] sch 的音。

Sport	運動	sprechen	說
Stein	石子	Stadt	城市

pf

發 pf 這一音時，p 與 f 必須同時發出。其要領是先將雙唇合併（如同發 p 音時一樣），然後在雙唇將要分開的當兒，將下唇往後縮並抵住上齒而發出 f 的音，即是此音。

Apfel	蘋果	Kopf	頭
Pfeife	煙斗	Pflicht	義務

qu = kw

qu 的 u 相當於 w [ㄜ]，大致和英語中的 [v] 音相同。

    Qualität   品質   bequem   舒適的

chs 和 x=ks

都發 [克斯] [ks] 的音。

Fuchs	狐狸	Achse	輪軸
Examen	試驗，考試	Xerxes	（人名）

> **註** Examen 應發成 [eksámen] 一樣的清音；而不能唸成 [ekzámen] 的濁音。

以上大致已將德語中獨特的發音部份敘完，接下去將對外來語的發音作若干說明。外來語和純粹的德語並不相同，許多時候它的重音不置於第一音節，就連它的拼音和發音也有其獨特之處。在此將列舉出其中的主要部分。

th = t

th 和英文中的 *th* 不同之處，便是只發 t 的音。

    Theater   劇場   Diphtherie   白喉症

> **註** Diphtherie 等中的 ph 和英文相同，皆發 f 音。

tia, tie, tio

這些字中的 t 皆發 ts 的音。

Initiative	創制權	Patient	病人
Lektion	課（英 *lesson*）	Nation	國民

 如外來語 Initiative 的 v，其後若有母音，則發成和英文中 *v* 相同的濁音。

y = ü

y 不發成 [i] 而發成 [ü]，類似於國語中 [玉] 的音。

Typ	型	Gymnastik	體操

發音練習

Guten Tag, Herr[1] Müller!

Guten Morgen, Frau[2] Schäfer!

Guten Abend, Fräulein[3] Schmidt!

Gute Nacht!

Auf Wiedersehen!

Danke schön!

Bitte schön!

Einen Moment bitte!

Gute Besserung!

1. Herr : 英 *Mr.*　　　2. Frau : 英 *Mrs.*

3. Fräulein : 英 *Miss*

發音練習-中譯

您好，（日安！）米勒先生!

早安，雪弗爾太太!

晚安，施密特小姐!

晚安!（夜深時，就寢時用）

再見!

謝謝!

不用客氣!

請稍候!

祝您早日康復!

Lektion 1 第一課
名詞的性和冠詞

 **MP3-03**

Der Vater ist hier.	父親在這裡。
Die Mutter ist dort.	母親在那裡。
Wo ist das Kind?	孩子在哪裡？

> 註 ist 即英文中的 *is*

1 名詞的性

我們把有形、無形的事物名稱統稱為名詞，開頭的字母必須以大寫來表示。在文法上則有性別的區分。如上例中的 Vater 是陽性名詞，Mutter 是陰性名詞，Kind 則是中性名詞。此種性別在定冠詞中表示得很清楚。德語的定冠詞相當於英文中的 *the*，在陽性名詞之前用 der，在陰性名詞之前用 die，中性名詞之前則用das。不定冠詞 ein eine 相當於英文中的 *a*，其陽性與中性同形，不像定冠詞有明顯的性別區分。

陽性名詞 *m.*	陰性名詞 *f.*	中性名詞 *n.*
der Vater 父親	die Mutter 母親	das Kind 孩子
ein Vater	eine Mutter	ein Kind

文法上的性別區分，若指人時，多和人的性別一致，而指無生物時，則很難加以區別，因此必須逐一記牢，此時最好的方法就是將定冠詞和名詞一起記下。如下列所舉的名詞必須和定冠詞同時熟記，即使在列出字彙時，也得將定冠詞一起附上。

陽性名詞 _m._	陰性名詞 _f._	中性名詞 _n._
der Mann 男人，丈夫	die Frau 婦女，妻子	das Fräulein 小姐
der Hund 狗	die Katze 貓	das Tier 動物
der Garten 庭園	die Kirche 教堂	das Haus 家
der Kaffee 咖啡	die Milch 牛奶	das Bier 啤酒

2 冠詞的意義

　　不定冠詞是用來指一個未被提起的概念或事物（名詞），即「有一……」之意。

Das ist **ein** Garten.

這是一座花園。

> **註** das ist... 相當於英文中的 _this is..._

　　和不定冠詞不同的定冠詞則是表示一已知的概念，即「這個……」之意。

Der Garten ist schön.

（這）花園是美麗的。

　　除此之外，定冠詞也可用來泛指全體，如下例所示。

Der Mensch ist sterblich.

凡人皆會死。

單字

was	何（事、物）	nein	不（英 no）
alt	古老的	nicht	不（英 not）
da	此（時、地）	klein	小的
sie	她	er	他
groß	大的	auch	也，亦
ja	是的	es	它

練習 1. A　請將下列各句譯成中文。

1. Was ist das?—Das ist ein Garten.

_____

2. Der Garten ist schön.

_____

3. Das ist eine Kirche.

_____

4. Die Kirche ist groβ.

_____

5. Das ist ein Haus.

_____

6. Das Haus ist klein.

_____

7. Hier ist ein Mann.

_____

8. Ist der Mann alt?—Ja, er ist alt.

_____

9. Da ist eine Frau.

_____

10. Ist die Frau auch alt?—Nein, sie ist nicht alt.

_____

11. Dort ist ein Kind.

_____

12. Ist das Kind groβ?—Nein, es ist klein.

_____

練習 1. ß 請將下列各句譯成德文。

1. 這是什麼？—這是一隻狗。

_____

2. 這隻狗是大的。

_____

3. 貓是動物。

_____

4. 人生是美好的。

_____

第二課
動詞的現在式 (1)

 **MP3-05**

* Lernst du Deutsch?　　　　　　　你學德語嗎？
* Ja, ich lerne Deutsch..　　　　　　是的，我學德語。

　　我們把 lernen 或 trinken 等表示動作的字彙稱為動詞，但是當其表成 (ich lerne)「我學習」；(du lernst)「你學習」時，則會因主詞的人稱不同而有所改變，此乃動詞的人稱變化。

3 基本的現在人稱變化

　　不定詞是指動詞的原形，通常皆有如 lernen中 -en 的字尾。在下列的例子中，我們把 en 從原形中去掉，用其餘的語幹部份來作人稱變化練習。

不定詞 lernen 學習		
	單數 *sg.*	**複數** *pl.*
第一人稱	ich lerne 我學習	wir lernen 我們學習
第二人稱	du lernst 你學習	ihr lernt 你們學習
第三人稱	er 他 sie lernt 她 } 學習 es 它	sie lernen 他(她、它)們學習
第二人稱的尊稱	Sie lernen 您(們)學習	

23

4 暱稱的第二人稱和尊稱的第二人稱

　　在參照例 3. 的列表之後，您必定會注意到第二人稱有兩種類別，即暱稱的第二人稱和尊稱的第二人稱。前者的 du 和 ihr 是用於親近的人之間，尤其是對家族、親戚、親友、戀人等，此外對兒童（15 歲以下者）和神、動物等也都用暱稱來表達。在這些之外，則不分單複數一律用 Sie 來表示尊稱的第二人稱。這個 Sie 由於僅將第三人稱複數形 sie 用大寫開頭，所以通常在人稱變化表中省略不提。又第三人稱單數的 er , sie , es 是以 er 來表示。如下列所舉的，即是隨著人稱的不同而變化字尾。

ich—e	wir—en
du—st	ihr—t
er—t	sie—en

　　德語並不像英文一樣有現在進行式，它的現在式也可用來表達進行式。如下例：

Ich lerne Deutsch.
　I learn German.
　我學德語。
　I am learning German.
　我正在學德語。

5 定動詞的正置和倒置

　　我們將沒有人稱變化的動詞稱作不定詞，如 lernen；相反地，有人稱變化的動詞是定動詞，如 lerne 或是 lernst。定動詞的位置在獨立句中有下列兩種置法。

(1) 定動詞的正置　主詞　定動詞　…

　　此乃最基本的形式

　　Ich lerne jetzt Deutsch.　　　　　我現在學德語。

(2) 定動詞的倒置　定動詞　主詞　…

　　若是將主詞以外的用語置於句前，則須對換主詞和定動詞的位置，此乃定動詞的倒置。

　　Jetzt lerne ich Deutsch.　　　　現在我學德語。

　　Englisch lerne ich nicht mehr.　　我不再學英語了。

> 註　nicht mehr:「再也不⋯之意」

　　jetzt「如今、現在」是時間副詞，而 Englisch「英語」則為受詞，因為將此二字置於句首，所以 ich lerne 要倒置成 lerne ich。此外疑問詞若置於句首，則動詞、主詞亦要倒置。

　　Was lernen Sie？
　　您學什麼？

即使在沒有疑問詞的疑問句中，定動詞亦要倒置。

　　Lernen Sie Französisch？
　　您學法語嗎？

疑問句的讀法

　　沒有疑問詞的疑問句，句尾的音調要上揚，而有疑問詞時，句尾音調則不須上揚。但是也有許多德國人不管有無疑問詞一律將句尾音調上揚。

6 方便發音的 e

如 warten「等待」和 reden「說話」等是以 t 和 d 來結束語幹的動詞，其後若直接加上 st 或 t 則有不便發音之感，所以此時（通常是）加 e 於其間以便利發音。

---

warten 等待

ich warte	wir warten
我等待	我們等待
du wart*e*t	ihr wart*e*t
你等待	你們等待
er wart*e*t	sie warten
他等待	他（她、它）們等待

此外，當我們拼 atmen「呼吸」，rechnen「計算」時，雖也加入 e 以便利發音，但這並非上述的規則問題，而是為了便於拼音和記憶起見而加入 e，因此平時便應留心正確的發音。

7 以 n 結尾的不定動詞

不定詞的語尾通常是 en，但也有少數只以 -n 結尾的。以 en 結尾的不定詞，第一人稱和第三人稱的複數，其定動詞和不定動詞同形，故以 n 來結尾的不定詞，其情況亦和以 en 結尾的不定詞相同。

---

wandern 徒步旅行

ich wand[e]re	wir wander*n*
du wanderst	ihr wandert
er wandert	sie wander*n*

---

ich wandere 經常省略 e 而以 ich wandre 來表示，在語尾將 e 連續發成二個弱音。ändern「改變」，handeln「行動」等也作相同的變化。

MP3-06

單字

gern	欣然，願意	fleißig	勤快的
Herr, *m.*	先生	Winter, *m.*	冬
kommen	來	wieder	再次
wenig	少的	wohnen	居住
heißen	名叫	aber	但是
Frühling, *m.*	春	und	和，與
sehr	非常	wie	如何？如同…
in	在…之中	gehen	行走
viel	多的		

練習 2. A 請將下列動詞作人稱變化。

trinken 飲	arbeiten 工作	handeln 處理，付諸行動

練習 2. B 請將下列各句譯成中文。

1. Was lernen Sie jetzt?—Ich lerne jetzt Deutsch.

_____

2. Trinkst du gern Kaffee?—Ja, Kaffee trinke ich sehr gern.

_____

3. Wo wohnt Herr Müller?—Er wohnt in Berlin.

_____

4. Wohnt ihr auch in Berlin?—Nein, wir wohnen nicht in Berlin.

_____

5. Er wartet, aber sie kommt nicht.

_____

6. Wandern Sie gern, Frau Braun?—Ja, ich wandre sehr gern.

_____

7. Du redest viel und handelst wenig. Ich rede wenig und handle viel.

_____

8. Arbeiten Herr und Frau Meier fleißig[1]?—Ja, sie arbeiten fleißig.

_____

9. Wie heißen Sie? (Wie heißt[2] du?)—Ich heiße Peter Schmidt.

_____

10. Der Winter geht, und der Frühling kommt wieder.

_____

 1. fleißig: 形容詞，副詞皆用此形。

2. heißt: 如 heißten「叫做…名字」，tanzen「跳舞」等語幹，以「s」「ts」音結尾的動詞，除 durt 形式外，其餘皆和 lernen 一樣作相同的變化。

練習 2. C 　　請將下列各句譯成德文。

1. 他問 (fragen)，她回答 (antworten)。

_____

2. 施密特小姐 (Fräulein .n) 在哪裡工作？—她在柏林工作。

_____

3. 我在這裡（兌）換錢（幣）。

_____

4. 他現在學德語。他不再學法語了。

_____

Lektion 3 第三課
定冠詞類和名詞的格變化

 MP3-07

* **Der** Vater schenkt **dem** Sohn **den** Globus. 父親送地球儀給兒子。

8 名詞的格

名詞共分為主格、屬格、與格、受格四格，主要是藉著冠詞類的格變化來表達。我們把主格稱為一格，屬格稱為二格，與格稱為三格，受格稱為四格。

1 格	**Der Vater** ist hier. 父親在這裡。
2 格	Das ist das Zimmer **des Vaters**. 這是父親的房間。
3 格	Das Kind ist **dem Vater** ähnlich. 孩子像父親。
4 格	Die Mutter liebt **den Vater**. 母親愛父親。

9 定冠詞的格變化

請將此處定冠詞的格變化牢記，並反覆溫習。

	陽性 *m.*	陰性 *f.*	中性 *n.*
1 格	der	die	das
2 格	des	der	des
3 格	dem	der	dem
4 格	den	die	das

10 定冠詞和名詞的格變化

　　在此是將定冠詞附於名詞之前作格變化。由於陽性和中性的變化類似，所以二者必須同時牢記。名詞本身只在二格時才有語尾。

陽性名詞

1 格	der Mann	男人（主格）
2 格	des Mannes (Manns)	男人（屬格）
3 格	dem Mann	男人（與格）
4 格	den Mann	男人（受格）

中性名詞

1 格	das Kind	孩子（主格）
2 格	des Kindes (Kinds)	孩子（屬格）
3 格	dem Kind	孩子（與格）
4 格	das Kind	孩子（受格）

> **註** 有時也可將名詞附上語尾 -e 以三格來表出，如 dem Manne , dem Kinde 的形式，不過時下已不使用。

　　有時也可用 s 來代替二格語尾中的 es，特別是如 der Vater「父親」和 das Leben「人生」等語尾。含有弱 e 音的場合，可以只發 s 的音，而表為 des Vaters，des Lebens。又如 das Haus「家」，der Tisch「桌子」等以 [s] [ʃ] [ts] [tʃ] 擦齒音結尾的名詞，決不可只發 s 的音，必須以 es 的音來結尾。

　　其次是陰性名詞。在陰性名詞的二格中不須附 es 和 s 的字尾。

陰性名詞

1 格	die Frau	婦女（主格）
2 格	der Frau	婦女（屬格）
3 格	der Frau	婦女（與格）
4 格	die Frau	婦女（受格）

上例所舉一格、四格同形，二格、三格同形。此外須記住，除陽性名詞外，其他變化皆為一格、四格同形。

11 定冠詞類

如上列所舉的用語由於和定冠詞一樣皆冠於名詞之前，而且其格變化也幾乎和定冠詞相同，故稱之為定冠詞類。

dieser	這個	(*this*)
jener	那個	(*that*)
aller	全部	(*all*)
jeder	各個	(*every* , *each*)
welcher?	哪一個？	(*which?*)
mancher	許多的	(*many a*)
solcher	如此的	(*such*)

Jeder Lehrer kennt diesen Schüler.
每位教師都認識這個學生。

定冠詞類的格變化其語尾如下

	m.	f.	n.
1 格	-er	-e	-es
2 格	-es	-er	-es
3 格	-em	-er	-em
4 格	-en	-e	-es

> 註　其中性的一格、四格和定冠詞不同，是附上 es 的語尾，敬請注意。

dieser 和名詞的格變化

	m. 父	f. 母	n. 家
1 格	dieser Vater	diese Mutter	dieses Haus
2 格	dieses Vaters	dieser Mutter	dieses Hauses
3 格	diesem Vater	dieser Mutter	diesem Haus
4 格	diesen Vater	diese Mutter	dieses Haus

12 附有 Sie 和 wir 的命令句

表尊稱的第二人稱和表複數的第一人稱，其命令句的表達是以和疑問句同形為原則，再於句尾附上感嘆號 "！"，其不同之處乃是在疑問句的句尾音調應上揚。

疑問句

Lernen Sie Deutsch? ↗	您學德語嗎？
Lernen wir Deutsch? ↗	我們學德語嗎？

命令句

Lernen Sie Deutsch! ↘	您學德語去！
Lernen wir Deutsch! ↘	我們學德語去！

 MP3-08

單 字

rufen	呼，叫	singen	歌唱
Sinn, *m.*	意義	gehorchen	服從
verstehen	了解	von	從…
bewundern	讚歎	oder	或者
Lied, *n.*	歌	klar	明白，清楚的
zählen	數	Sprache, *f.*	語言
Bruder, *m.*	兄弟	zusammen	一起
Satz, *m.*	句子	bis	直到…
erklären	說明，解釋		

練習 3. A 請寫出下列的格變化。

der Onkel 伯叔、舅父	das Wort 單字	die Tante 姑、姨

dieser Sohn 這個兒子	jene Kirche 那間教堂	welches Lied 那一首歌

練習 3. ß 請將下列各句譯成中文。

1. Die Mutter ruft den Sohn, aber der Sohn kommt nicht.

   _____

2. Der Onkel ist der Bruder des Vaters oder der Mutter.

   _____

3. Der Sinn dieses Satzes ist nicht klar.

   _____

4. Mancher Schüler versteht diesen Satz nicht.

   _____

5. Der Lehrer erklärt den Sinn jedes Wortes.

   _____

6. Welche Sprache lernen Sie? —Ich lerne Deutsch.

   _____

7. Jeder Schüler bewundert jene Kirche.

   _____

8. Singen wir zusammen dieses Lied!

   _____

9. Manches Kind gehorcht dem Vater, aber nicht der Mutter.

   _____

10. Zählen Sie von 1 (eins) bis 12 (zwölf)!

    —1 (eins), 2 (zwei), 3 (drei), 4 (vier), 5 (fünf), 6 (sechs),

    7 (sieben), 8 (acht), 9 (neun), 10 (zehn), 11 (elf), 12 (zwölf).

    _____

▌練習 3. C 請將下列各句譯成德文。

1. 姑媽送書給母親。

_____

2. 父親叫兒子，但是兒子沒來。

_____

3. 每個小孩都愛這位姑媽。

_____

4. 父親教導兒子。

_____

Lektion 4

第四課
動詞的現在式 (2)

 MP3-09

- Hast du Hunger?　　　　你餓嗎？
- Nein, ich bin nur müde.　　不，我只是疲倦。

13 重要動詞 sein 和 haben

sein 相當於英文中的重要動詞 *be*，人稱變化完全是不規則的。又 haben「持有」（相當於英文中的 *have* ）只在暱稱的第二人稱單數和第三人稱單數時，方為不規則變化。

---

sein 是，存在

ich bin	wir sind
du bist	ihr seid
er ist	sie sind

---

haben 有，持有

ich habe	wir haben
du hast	ihr habt
er hat	sie haben

動詞複數中僅 sein 是屬不規則變化，其餘的動詞複數皆是規則變化。

14　Umlaut 型動詞和 i [e] 型動詞

　　在暱稱的第二人稱單數和第三人稱單數中，有些定動詞的母音和不定詞的母音不相同。母音改變的方法有兩種類型，其一是將 a 變為 ä 的 umlaut，其二是將 e 變為 i 或是 ie 的 i [e] 型。

⑴ **Umlaut 型動詞**

schlafen 睡眠 (a → ä)

ich schlafe	wir schlafen
du schl*ä*fst	ihr schlaft
er schl*ä*ft	sie schlafen

fahren	乘舟車行駛
fallen	掉落
tragen	載負，攜往

⑵ **i [e] 型動詞**

sprechen 說話 (e → i)

ich spreche	wir sprechen
du spr*i*chst	ihr sprecht
er spr*i*cht	sie sprechen

helfen	幫忙
brechen	破裂
geben	給與

sehen 看見 (e → ie)

ich sehe	wir sehen
du s*ie*hst	ihr seht
er s*ie*ht	sie sehen

例字

befehlen	命令
empfehlen	推薦
stehlen	偷竊

Umlaut 型動詞和 i [e] 型動詞的語尾多少也有不規則的情形，但不規則的情形僅止於單數動詞，複數則是規則的。

halten	保持，止住	ich halte	du hältst	er hält
nehmen	取，用	ich nehme	du nimmst	er nimmt
treten	步行，踏	ich trete	du trittst	er tritt
werden	成為	ich werde	du wirst	er wird
lesen	閱讀	ich lese	du liest	er liest

15 重要動詞 wissen

單數的語幹和不定詞不同，而且隨 ich 和 er (sie, es) 作人稱變化時也沒有語尾。有時也可用β來代換以 ss 終止的語幹，但這不能算是不規則。用 ss 時，應將其夾於二母音之間而且前面的母音必須是短母音，其餘的情況，則是以 β 來終止語幹。

wissen 知道

ich weiß	wir wissen
du weißt	ihr wiβt
er weiß	sie wissen

 **16 定動詞的後置**

　　關於定動詞的正置和倒置，前面雖已敘述過，但是還有一個定動詞的後置用法須在此一提。這就是定動詞使用於副句中時，被置於句尾的配置方法。在下面的例句裏請注意 spricht 的位置。

Ich weiß, *daß* er gut Deutsch spricht.

主句　　　　　副句

我知道他德語說得不錯。

　　如上的句子是由 Ich weiß「我知道」和 daß er gut Deutsch spricht「他德語說得不錯」，即主句和副句所構成，二者並不對等。daß 便是連接主句和副句的從屬連接詞。定動詞在副句中則被置於句尾。主要的從屬連接詞如下表:

從屬連接詞

daß	…事	weil	因為…
wenn	如果，倘若	obgleich	雖然…
ob	是否	während	在…時間之內
bis	直至…	bevor	在做…之前 *etc.*

Der Vater lobt die Tochter, *weil* sie der Mutter hilft.
爸爸稱讚女兒，因為她幫媽媽忙。

Er liest zu Hause, *wenn* das Wetter schlecht ist.
如果天氣不好，他就待在家裡看書。

單 字

heute	今天	Geburtstag, *m.*	生日
morgen	明天	Auto, *n.*	汽車
Benzin, *n.*	汽油	bitte	請
sagen	說	Gast, *m.*	客人
Platz, *m.*	席位，場地	Zug, *m.*	列車
lange	長的	krank	生病的
vergessen	忘記	man	人
warum	為何？	zu	太…
zu Hause	在家	ohne	無…，非…
nicht... sondern...	非…，而是…(*not... but...*)		

練習 4. A 　請將下列各句譯成中文。

1. Sind Sie müde?—Nein, ich habe nur Hunger.

　————————————————————————

2. Hast du heute Geburtstag?—Nein, ich habe nicht heute, sondern morgen Geburtstag.

　————————————————————————

3. Ohne Benzin fährt das Auto nicht.

　————————————————————————

4. Sie sagt: " Nehmen Sie bitte Platz !"　Und der Gast nimmt Platz.

　————————————————————————

5. Wie lange hält dieser Zug in Frankfurt?—Ich weiß es nicht.

　————————————————————————

6. Der Vater spricht nicht Deutsch, sondern liest es nur.

　————————————————————————

7. Er vergißt, daß er krank ist.

　————————————————————————

8. Der Lehrer gibt dem Schüler das Buch.

　————————————————————————

9. Warum liest du zu Hause, obgleich das Wetter schön ist?

_____

10. Wenn man zu viel iβt, wird man krank.

_____

■ 練習 4. ß　　請將下列各句譯成德文（主詞分別用 "他" 及 "他們"）。

1. 他乘車去漢堡 (nach Hamburg)。他們乘車去漢堡。

_____

2. 他健康，因為睡得好 (gesund)。他們健康，因為睡得好。

_____

3. 他餓了。他們餓了。

_____

4. 他不知道我生病。他們不知道我生病。

_____

Lektion 5 第五課 不定冠詞類

MP3-11

Mein Vater hat keinen Wagen. Er hat nur ein Fahrrad.
我父親沒有汽車。他只有一部自行車。

17 不定冠詞的格變化

關於不定冠詞的一格形式已在前面提過，這裡要練習的是名詞和不定冠詞同時作格變化。

	m. 男人	*f.* 女人	*n.* 小孩
1 格	einΔ Mann	eine Frau	einΔ Kind
2 格	eines Mannes	einer Frau	eines Kindes
3 格	einem Mann	einer Frau	einem Kind
4 格	einen Mann	eine Frau	einΔ Kind

附有Δ記號的三個部份在 ein 之後都沒有語尾，除此而外都和 dieser 等定冠詞類相同。

下表所列乃是不定冠詞格變化的語尾。

	m.	*f.*	*n.*
1 格	-Δ	-e	-Δ
2 格	-es	-er	-es
3 格	-em	-er	-em
4 格	-en	-e	-Δ

18 不定冠詞類

下表所列乃是和不定冠詞作同樣格變化的用語。

1. **否定冠詞 kein**（相當於英文中 *no money* 的 *no*）

2. **代名詞所有格 mein**（相當於英文中的 *my*）

所有形容詞

第一人稱	第二人稱暱稱	第三人稱	第二人稱尊稱
mein	dein	sein　ihr　sein	Ihr
我的	你的	他的　她的　它的	您的
unser	euer	ihr	Ihr
我們的	你們的	他（她、它）們的	您們的

	我的男友 *m.*	我的女友 *f.*	我的錢 *n.*
1 格	mein∆ Freund	meine Freundin	mein∆ Geld
2 格	meines Freundes	meiner Freundin	meines Geldes
3 格	meinem Freund	meiner Freundin	meinem Geld
4 格	meinen Freund	meine Freundin	mein∆ Geld

Mein（*meiner* 是錯誤）Freund hat kein（*keines* 是錯誤）Geld.
我男朋友沒錢。

　　unser 和 euer 很容易弄錯，務請注意! 常常會誤說成 unser, unses, unsem, unsen 的原因是將 unser 的 -er 和格的語尾相混淆，而且仿照定冠詞類作格變化的原故。下列即為 unser 的格變化。

1 格	unser	unsere	unser
2 格	unseres	unserer	unseres
3 格	unserem	unserer	unserem
4 格	unseren	unsere	unser

Unsere Tante schreibt **euerem** Onkel einen Brief.
我們的姑媽寫了一封信給你們叔叔。

♪ 19 ja, nein, doch 的用法

　　務請注意應如何回答沒有疑問詞的疑問句。對於不含否定詞的疑問句，其回答方法便是以 ja「是的」和 nein「不是的」來表達。

Haben Sie Geld?—**Ja**, ich habe Geld.
您有錢嗎？—是的，我有錢。

Nein, ich habe kein Geld.
不，我沒錢。

　　但是在含有否定詞的疑問句中，回答若為否定，則用 nein 表達；若為肯定，則用 doch 表達。

Haben Sie kein Geld?—**Nein**, ich habe kein Geld.
您沒錢嗎？—是的，我沒錢

Doch, ich habe Geld.
不，我有錢。

20 疑問代名詞 wer 和 was

wer 用於指人，was 則指物。

1 格	wer	何人（主格）
2 格	wessen	（屬格）
3 格	wem	（與格）
4 格	wen	（受格）
1 格	was	何（事）（主格）
2 格	無	
3 格	無	
4 格	was	（受格）

Wer ist diese Dame?—Sie ist meine Tante.
這位女士是誰呢？她是我姑媽（姨媽）。

Wessen Hut ist das?—Es ist der Hut deines Onkels.
這是哪位的帽子？（它）是你叔叔的帽子。

Wem gehört[1] der Wagen dort?—Er gehört unserem Lehrer.
那邊的車子是誰的？是我們老師的。

Wen besucht der Vater?—Er besucht eueren Lehrer.
父親去拜訪誰呢？他去拜訪你們老師。

Was suchen Sie?—Ich suche meine Brille.
您找什麼？我找我的眼鏡。

註 1. j³-gehören 表「屬於某個人」、「是某人的東西」之意，此外 j³ 還表示
和表人的名詞、代名詞的三格共同使用之意。

🎵 **21** was für ein

was für ein（相當於英文中的 *what sort of, what a*）即「什麼樣的」「多麼的」之意。ein 的部份則是依照其後名詞的性別和格而作變化。

Was für einen Sport treiben Sie?

您練習哪一種運動？

Was für eine schöne Blume ist das!

多美的花呀！

複數名詞和物質名詞前不加 ein。

Was für Bücher lesen Sie gern？

您喜歡閱讀哪一類書？

Was für Wein trinken Sie？

您喝哪一種酒？

 **MP3-12**

🈷 🈬

danken	感謝	Schwester, *f.*	姐妹
schicken	贈送	Brieffreund, *m.*	筆友
Foto, *n.*	照片	Appetit, *m.*	食慾
Gesundheit, *f.*	健康	schaden	損害
bekommen	獲得	aus	從…出來，來自…
Deutschland, *n.*	德國		

練習 5. A 請將下列所示者作格變化。

ein Brief 一封信	seine Familie 他的家庭	ihr Haus 她（他們）的家

unser Wagen 我們的車	euere Tante 你們的姑媽	kein Geld 沒有錢

練習 5. B　　請將下列各句譯成中文。

1. Du hast einen Hund, und ich habe eine Katze.

_____

2. Wer ist dieser Herr?—Er ist unser Lehrer.

_____

3. Wessen Wagen ist das?—Das ist der Wagen Ihres Onkels.

_____

4. Wem dankt er?—Er dankt seinem Lehrer.

_____

5. Wen liebt dein Bruder?—Er liebt die Schwester seines Freundes.

_____

6. Seine Schwester schickt ihrem Brieffreund ein Foto ihrer Familie.

_____

7. Mein Kind ist krank. Es hat keinen Appetit.

_____

8. Euere Lehrerin ist die Schwester unsres[1] Lehrers.

_____

9. Sie trinken keinen Kaffee, weil er ihrer Gesundheit schadet.

_____

10. Unsere Tochter bekommt einen Brief aus Deutschland.

_____

 1. 在口語上也可將 unseres, unserem, unsere 等字省略 e，而表為 unsres, unsrem, unsre。euer 亦同。

▌練習 5. C　　請將下列各句譯成德文。

1. 我兒子把我們的照片送給他女朋友。

_____

2. 她父親是你叔叔的朋友。

_____

3. 他們知道父親手頭拮据。

_____

4. 您的男朋友開什麼車？—他開跑車。

_____

Lektion 6 第六課
名詞的複數形

MP3-13

Wieviel Kinder haben Sie? 您有幾個兒女？

Wir haben nur ein Kind. 我們只有一個孩子。

22 四種複數形

在英文中通常以附上 *s* 來表示複數形，但在德語裏此種情形卻很少見。例如 das Kind「小孩」的複數形是 die Kinder，der Sohn「兒子」的複數形則是 die ，Söhne 乍看之下似乎是不規則變化，事實上它的複數變化共分四大類型。

	單數	複數
同尾式	der Onkel 伯叔	die Onkel
E 式	der Tag 日	die Tage
R 式	das Haus 家	die Häuser
N 式	die Tante 姑媽	die Tanten

如上表所示，何種名詞該有何種形式的複數形，多少有些規則存在，一旦您熟悉德語之後，便可逐漸地把握其中要訣，起步時最重要的就是逐一牢記。

⑴ 同尾式

複數形中有變音和不變音之分。

持有 -er, -el, -en 等語尾的陽性、中性名詞通常屬於同尾式。

同尾式

單數		複數
―		(..)
der Wagen	車	die Wagen
das Fenster	窗	die Fenster
das Mittel	方法	die Mittel
der Garten	庭園	die Gärten
der Bruder	兄弟	die Brüder

⑵ E 式

複數形中有變音和不變音之分。

單音節的陽性名詞通常屬於 E 式。

E 式

單數		複數
―		(..)—e
der Berg	山	die Berge
der Brief	信	die Briefe
der Monat	月	die Monate
der Gast	客人	die Gäste
der Sohn	兒子	die Söhne

⑶ R 式

單音節的中性名詞通常屬於 R 式。若有 a , o , u , au 等音時，則必須變音。

R 式

單數 —		複數 (..)―er
das Buch	書	die Bücher
das Land	國家	die Länder
der Mann	男人	die Männer
das Dorf	村落	die Dörfer
das Ei	蛋	die Eier

⑷ N 式

陰性名詞通常屬於 N 式。N 式的名詞不須變音。

N 式

單數 —		複數 ―[e] n
die Frau	婦女	die Frauen
die Blume	花	die Blumen
die Katze	貓	die Katzen
die Tür	門	die Türen
die Schwester	姐妹	die Schwestern

> **註** 辭典中有標示如 Land, *n.*―[e] s,―er 的單數二格形式和複數一格形式。陰性名詞的單數沒有格變化，所以通常僅標示如 Frau, *f.* ―en 的複數一格形式。

23 複數形的格變化

在冠詞類中已沒有複數的陽性、陰性、中性之別。定冠詞有 die, der, den, die，而 dieser, jener 等定冠詞類和 mein, kein 等不定冠詞類，在語尾也都是附上 -e, -er, -en, -e。

	伯叔父們	這些房子	我的伯叔母（姨媽）們
1 格	die Onkel	diese Häuser	meine Tanten
2 格	der Onkel	dieser Häuser	meiner Tanten
3 格	den Onkeln	diesen Häusern	meinen Tanten
4 格	die Onkel	diese Häuser	meine Tanten

名詞本身若是屬於三格變化，則附上 -n 的字尾，但是像 die Tanten 它的複數一格是以 n 結尾，則字尾不須再重覆加上 n。

也有一些屬於 S 式複數者

das Auto	汽車	die Autos
die Kamera	攝影機	die Kameras
das Hotel	旅館	die Hotels

S 式的名詞通常是最近取自英語和法語等的外來語，所以其複數三格的字尾不附上 n。

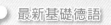

🎵 24 陽性弱變化名詞

　　屬於 N 式的名詞有很多是陰性名詞，但也有些是陽性名詞。陽性的 N 式名詞單數二格通常不附上 -[e] s，除了單數一格以外，全部都附上 -en 或是 -n 的字尾，此種名詞便是陽性弱變化名詞。

	單數	複數
1 格	der Mensch　人	die Menschen　人們
2 格	des Menschen	der Menschen
3 格	dem Menschen	den Menschen
4 格	den Menschen	die Menschen

Der Mensch ist dem Menschen ein Wolf. (*Hobbes*)

人之於人亦虎狼也。（人類相互為敵。）

例字

Student, *m.* -en, -en	大學生
Tourist, *m.* -en, -en	觀光客
Affe, *m.* -n, -n	猿猴
Franzose, *m.* -n, -n	法國人
Junge, *m.* -n, -n	男童
Herr, *m.* -n, -en	先生

註 Herr 有些微的變化規則，單數時的二、三、四格是 Herrn，複數時，則四格皆為 Herren。

 25 無冠詞的用法

1. 不定冠詞沒有複數形，所以附有不定冠詞的名詞，其複數形亦不須加冠詞。

Dort spielt ein Kind.	那邊有個小孩在玩耍。
Dort spielen Kinder.	孩子們在那邊玩耍。

2. 表示「水」或「葡萄酒」等不定量的物質名詞時，則用無冠詞的單數形。「空肚子，餓肚子」或是「勇氣」等物質名詞亦相同。

Ich trinke Wein.	我飲酒。
Ich habe Hunger.	我肚子餓。
Er hat Mut.	他有勇氣。

3. 表示國籍、職業、身份等名詞，若和 sein , werden 等連結而構成述語時，通常不加冠詞。

Sind Sie Japaner?	您是日本人嗎？
Nein, ich bin Chinese.	不，我是中國人。
Du bist Student.	你是個大學生。
Er wird Arzt.	他成為醫生。

單字

Mehrzahl, *f.*	複數	Einzahl, *f.*	單數
gleich	相同的	Jahr. *n.* -[e]s,-e	年
Arbeit, *f.* -en	工作，勞動	alles	全部
Liebe, *f.*	愛	Vorlesung, *f.* -en	授課
Professor, *m.* -s, -en	教授	langweilig	無聊的
Wand, *f.* ̈-e	壁	Geschwister, *pl.*	兄弟姐妹
zeigen	指示	Sehenswürdigkeiten, *pl.*	名勝
Stadt, *f.* ̈-e	城市	Übersetzung, *f.* -en	翻譯
gleichen	相等	treu	忠誠的
so	如此		

練習 6. A   請將下列各句譯成中文。

1. Ein Ei und ein Ei sind zwei Eier.

   _____

2. Die Mehrzahl von Tür ist Türen. Die Mehrzahl von Fenster ist der Einzahl gleich.

   _____

3. Wie alt sind Sie?—Ich bin 23 (dreiundzwanzig) Jahre alt.

   _____

4. Das Jahr hat zwölf Monate. Der Monat hat 31 (einunddreißig) oder 30 (dreißig)
   Tage.

   _____

5. Den Männern ist die Arbeit alles.Den Frauen ist die Liebe alles.

   _____

6. Die Vorlesungen jener Professoren[1] sind den Studenten langweilig.

   _____

7. Mein Zimmer hat vier Wände, drei Fenster und zwei Türen.

   _____

8. Haben Sie keine Geschwister?—Doch, ich habe vier Brüder und fünf Schwestern.

_____

9. Die Lehrer zeigen den Schülern und Schülerinnen[2] die Sehenswürdigkeiten dieser Städte.

_____

10. Übersetzungen gleichen den Frauen: sind[3] sie treu, so sind sie nicht schön, und sind sie schön, so sind sie nicht treu. (_Bertrand_)

_____

註 1. Professor 表為複數時，則改變重音而形成 Professoren。
2. 在陽性名詞字尾附上 in 而形成的陰性名詞，其複數字尾是 -innen。
3. sind sie treu: 此種順序便是取代 wenn 的定動詞倒置，和 wenn sie treu sind 是相同的。

練習 6. B　　請將下列各句譯成德文。（將主詞分別以單、複數表示）

1. 貓在這兒睡覺。

_____

2. 我們的房間在哪裡?

_____

3. 山高谷深。

_____

4. 學生聽不懂教授的講課。

_____

第七課
人稱代名詞，非人稱代名詞

MP3-15

Ich liebe dich, aber du liebst mich nicht.
我愛你，但是你不愛我。

26 人稱代名詞的格變化

前面所敘述過的人稱代名詞，主要的皆以一格出現，在此則將要提及其他格的用法。

單數	第一人稱 我	第二人稱暱稱 你	第三人稱 他	她	它	第二人稱尊稱 您
1 格	ich	du	er	sie	es	Sie
2 格	meiner	deiner	seiner	ihrer	seiner	Ihrer
3 格	mir	dir	ihm	ihr	ihm	Ihnen
4 格	mich	dich	ihn	sie	es	Sie

複數	第一人稱 我們	第二人稱暱稱 你們	第三人稱 他們	第二人稱尊稱 您們
1 格	wir	ihr	sie	Sie
2 格	unser	euer	ihrer	Ihrer
3 格	uns	euch	ihnen	Ihnen
4 格	uns	euch	sie	Sie

上表所列看似繁雜難記，但是相似之點頗多，唸起來也順口，並不如想像中困難。

27 人稱代名詞的二格用法

二格通常表示「…的」，即所有之意，但是人稱代名詞的二格原則上並不表「所有的」之意。相當於英文中的 *my* 和 *his* 的「所有形容詞」已在 18 (第45頁)中提過。

mein Vater	我父親（*meiner* Vater 是錯誤）
seine Mutter	他母親（*seiner* Mutter 是錯誤）

那麼，人稱代名詞的二格該用於何種場合? 它是相當於英文中的 *of me* 和 *of him*，主要是和支配二格的動詞及介系詞共同使用。

Diese Leute gedenken meiner.
這些人念念不忘我。

Sein Sohn kommt statt seiner.
他兒子代替他來。

> 註 gedenken「記憶、記得」是支配二格的動詞。statt「代替…」則是支配二格的介系詞。

此種人稱代名詞的二格在現在式中不常使用，所以初學者不妨視人稱代名詞中無二格的存在。

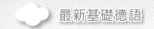
♫ 28 三格和四格的詞句排列順序

　　我們說「給某人以某物」時，句中有三格名詞和四格名詞。其排列順序是三格在前，四格在後；若是二者皆用人稱代名詞則四格在前，三格在後。

Ich gebe dem Schüler das Buch.　　　　我給學生這本書。

Ich gebe 　　　es　　　　ihm.　　　　我把它給他。

若一方是名詞而另一方是人稱代名詞時，則人稱代名詞恆置於前。

Ich gebe ihm das Buch.　　我給他書。

Ich gebe es dem Schüler.　　我把它給學生。

下面的例句乃是關於人稱代名詞三格和四格的用法。

Ich danke Ihnen herzlich.
我衷心感謝您。

Wir helfen euch, wenn ihr uns helft.
如果你們幫我們忙，我們也會幫你們。

Besuchen Sie uns bitte einmal!
請再光臨！

Ich kaufe einen Ring und schenke ihn ihr.
我買了一枚戒指，並把它送給她。

　　在最後的例句中，請注意接受 einen Ring 的人稱代名詞 ihn (er 的四格) 的用法。Ring 因為是陽性名詞，故以 ihn 來表達。初學者經常會犯上以 es 來表達的毛病，務請注意。

29 非人稱的 es

在表達「下雨」等自然現象時，並不以 der Regen「雨」作為主詞，而是以非人稱代名詞 "es" 作為虛主詞。

Es regnet.	下雨。	Es schneit.	下雪。
Es donnert.	打雷。	Es dunkelt.	天黑。
Es ist heiβ.	天熱。	Es wird kalt.	天涼了。
Wie spät ist es?	現在是什麼時候？	Es ist zehn Uhr.	（現在是）十點鐘。

如上所述，表示自然現象時所用的虛主詞 "es"，在句中雖不能省略，但是在表達生理現象時，若不置於句首，則往往要省略掉。

Es ist mir kalt.　⎤
　　　　　　　　 ⎬　我感覺冷。
Mir ist kalt.　　⎦

30 非人稱慣用語 es gibt + 四格

es gibt + 四格可用來表達「…是存在的」之意，相當於英文中的 *there is...*, *there are...*。

Es gibt Löwen und Elefanten in Afrika.　非洲有獅子和大象。

Gibt es hier ein Museum?　這裡有博物館嗎？

es gibt 若是直譯的話即為「這是給…」之意，若是將 "es" 解釋為掌理宇宙的神或大自然，則其後的名詞應用四格受詞。

31 其他非人稱慣用語

此外，還有許多非人稱慣用語，最重要的是自例句中去體會它的用法，不要一味死記它的文法。您不妨出聲朗誦數遍，將其牢記。

Wie geht es Ihnen?　　　　　　　　　　　您近況如何？

—Danke, mir geht es sehr gut. Und Ihnen?　　謝謝你，我很好。您呢？

　　Wie geht es Ihnen? 即英文中的 *How are you?* 之意。

Es klopft an die Tür.　　　　　　　　　　　有人敲門。

　　像「不知道何人」在敲門這種不明確的感覺，總以虛主詞 "es" 表示。

Es irrt der Mensch, solang er strebt. (*Goethe*)
在人類奮鬥的過程中，總會犯下錯誤的。（歌德）

　　也可將前半部說成 Der Mensch irrt，把不含任何意義的 " es " 置於句首，往往會產生不同的感受。

MP3-16

單字

trauen	信賴	nie	不曾，決不
Koffer, *m.* -s, -	行李箱	schreiben	書寫
selten	罕有的	oft	經常
denn	因為…	beneiden	羨慕
Zeit, *f.*	時間	Eltern, *pl.*	雙親
gefallen	合意，中意	Pfeife, *f.* -n	煙斗
wecken	醒，叫醒	um halb sieben	六時三十分
Europa, *n.* -s	歐洲		

練習 7. A 　請將下列各句譯成中文。

1. Sie liebt ihn, traut ihm aber nie.

_____

2. Ich trage Ihnen den Koffer. Bitte geben Sie ihn mir!

_____

3. Sie schreibt ihm nur selten, obgleich er ihr oft schreibt.

_____

4. Wir beneiden euch. Denn[1] ihr habt viel Zeit.

_____

5. Wie geht es Ihren Eltern? —Danke, es geht ihnen sehr gut.

_____

6. Gefällt Ihnen diese Pfeife? Ich schenke sie Ihnen.

_____

7. Es[2] gefällt mir nicht, daß du ihr hilfst.

_____

8. Ich helfe dir, wenn du mir hilfst.

_____

9. Wecken Sie mich bitte morgen um halb sieben[3]!

_____

10. Wieviel Länder gibt es in Europa?

_____

> **註**　1. denn: 是「因為…」之意，由於 und 和 aber 是純粹的並列連接詞，故其後所連接句子中的定動詞要正置。
>
> 　　2. es... daß: 相當於英文中的 *it... that* 之意，es 是虛主詞。
>
> 　　3. halb sieben : 是「六點半」而非「七點半」之意，乃距七點還有半個小時之意。

練習 7. ß　請將下列各句譯成德文。

1. 我作了一篇文章拿給他們看。

_____

2. 明天如果下雨，我就不去拜訪你（您）。

_____

3. 雖然他很富有，我並不羨慕他。

_____

4. 他幫助她，她卻不幫助他。

_____

Lektion 8 第八課
動詞的三大基本形式、過去和未來

 MP3-17

> Ich kam, sah und siegte. (Cäsar)
> 我來，我看見，我征服了。（凱撒）

32 動詞的三大基本形式

　　不定式、過去基本式和過去分詞是動詞的三大基本形式。由此三基本形式可將動詞分為弱變化、強變化和混合變化三種類別。

33 弱變化動詞（規則動詞）

　　由不定式直接作規則的過去基本式、過去分詞的變化。例如 lernen「學習」在語幹 lern 之後附上-te 即 lernte，則成為過去基本式;若附上 ge-t 之形式即 gelernt，則成為過去分詞。

不定詞 —[e]n		過去基本式 —[e]te	過去分詞 ge—[e]t
lernen	學習	lernte	gelernt
lieben	愛	liebte	geliebt
kaufen	買	kaufte	gekauft
warten	等待	wartete	gewartet
wandern	徒步旅行	wanderte	gewandert

34　強變化動詞（不規則動詞）

　　弱變化動詞不須改變語幹母音即可造出過去基本式及過去分詞，而強變化動詞則要改變語幹的母音。此外，其過去基本式的語尾不加 te，而且過去分詞也不是 ge-t 的形式。由於它屬於不規則動詞，所以請您務必逐一牢記書末所列的三基本形式變化表。

不定詞	過去基本式	過去分詞
—en	× —	ge—en ×

> **註**　×乃表語幹是不規則變化的符號。

gehen	行走，去	ging	gegangen
kommen	來	kam	gekommen
lesen	讀	las	gelesen
schlafen	睡	schlief	geschlafen
schreiben	書寫	schrieb	geschrieben
sehen	看見	sah	gesehen
sprechen	說話	sprach	gesprochen
sein	是，乃，即	war	gewesen
stehen	站立	stand	gestanden

35 混合變化動詞（不規則動詞）

語幹的母音須改變，此點和強變化動詞相同，不過由於它的語尾變化和弱變化動詞相同，所以稱之為混合變化動詞。此種動詞的三大基本形式也得牢記。

不定詞		過去基本式	過去分詞
—en		$\overset{\times}{—}$te	ge$\overset{\times}{—}$t

denken	思考	dachte	gedacht
bringen	攜帶	brachte	gebracht
kennen	認識	kannte	gekannt
wissen	知道	wuβte	gewuβt
haben	有，持有	hatte	gehabt

36 過去分詞不加 ge- 的動詞

在前面出現過的過去分詞皆有前音節 ge-，但是下面所列的動詞，其過去分詞則不加 ge-。

⑴ be-, er-, ver- 等字首沒有重音的動詞

besuchen	訪問	besuchte	besucht
verstehen	了解	verstand	verstanden

⑵ 以-ieren 結尾的動詞（重音在 ie，全部弱變化）

studieren	研究	studierte	studiert
operieren	動手術	operierte	operiert

這些動詞的特徵即第一音節都沒有重音。

37　表過去的人稱變化

三大基本形式中的過去基本式即是單數第一、第三人稱的定動詞。

不定詞	過去基本式	過去分詞
gehen	ging	gegangen
	↓	
	ich ging　我走	
	er ging　他走	

其他的人稱則和現在式一樣加上相同的語尾。

	lernen（弱）學習	gehen（強）行走，去	wissen（混）知道
ich —	lernte	ging	wußte
du —st	lerntest	gingst	wußtest
er —	lernte	ging	wußte
wir —[e]n	lernten	gingen	wußten
ihr —t	lerntet	gingt	wußtet
sie —[e]n	lernten	gingen	wußten

> **註** 過去基本式若是以 d，t 結尾，則為 du—est，ihr—et 之形式；若是以擦齒音 [s] [ʃ] 結尾，則也為 du—est 之形式。
>
> stehen → stand → du standest, ihr standet
>
> lesen → las → du lasest, ihr last

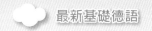

38 表未來的人稱變化

　　未來式是以助動詞 werden 做為定動詞，加上本動詞的不定式所形成。茲以 lernen「學習」為例，將其未來式的人稱變化列表如下。

ich werde			wir werden		
du wirst	}	... lernen	ihr werdet	}	... lernen
er wird			sie werden		

Ich werde fleißig Deutsch lernen.
我將認真學習德語。

　　請注意上面的例句中，本動詞 lernen 並非置於助動詞 werde 之後，而是置於句尾。

定動詞要素
後置的原則

　　werde 和 lernen 二者間具有極密切的關係，在上面的例句中 lernen 和定動詞共同使用以構成一完整的概念，我們稱此部份為定動詞要素，置之於句尾。此即為定動詞要素後置的原則。

MP3-18

單字

zu Fuβ	步行，徒步	glücklich	幸運的
wie	如…	bleiben*	保留，逗留
Kellner, *m.* -s, -	侍者	Tasse, *f.* -n	碗，杯
Tee, *m.* -s,-s	茶	verbringen*	渡過，消磨
Medizin, *f.*	藥，醫學	Italien, *n.* -s	意大利
Urlaub, *m.* -s, -e	（上班者）假期		

> 註 在辭典中的弱變化動詞和混合變化動詞，像 bleiben* 一樣皆附有 * 的記號。

■ 練習 8. A　請將下列各句譯成中文。（分別用過去式和未來式表達）

1. Ich kaufe ein Fahrrad.

_____

2. Du schreibst ihr einen Brief.

_____

3. Er geht zu Fuβ nach Hause.

_____

4. Wir sind sehr glücklich.

_____

5. Was für Bücher lest ihr gern?

_____

6. Manche Studenten denken wie Sie.

_____

7. Wie lange bleiben Sie in Deutschland?

_____

8. Der Kellner bringt mir eine Tasse Tee.

_____

9. Ich verbringe meinen Urlaub in Italien.

_____

10. Mein Sohn studiert Medizin.

_____

Lektion 9 第九課
反身、介系詞

> Und sie (= die Erde) bewegt sich doch! (Galilei)
> 它（地球）確在轉動呀!（伽利略）

> **註** sich bewegen 是「轉動、移動」之意，doch 是「畢竟、還是」之意。

39 反身代名詞

和主詞表同一事物（或人）的代名詞，我們稱之為反身代名詞。除了第三人稱（及尊稱的第二人稱）的三格和四格是用 sich 以外，其餘皆和人稱代名詞同形。或許您會問為何只在第三人稱時方用 sich 之形式? 下例中我們將以 rasieren「刮（鬍子）」來作說明。

(1) Ich rasiere mich.　　我刮（我自己的）鬍子。

(2) Er rasiert ihn.　　他刮他的鬍子。

(3) Er rasiert sich.　　他刮（他自己的）鬍子。

在例(1)中，主詞 ich 和受詞 mich 指的是同一人，而例(2)主詞 er 和受詞 ihn 則分別指不同的人，總之是「A 刮 B 的鬍子」之意，而不是「刮自己的鬍子」之意。「我」在世界上是獨一無二的，但是「他」卻有無數個，所以為使主詞的「他」和受詞的「他」一致起見，必須加入 sich 以示同指一人。

剛才所列舉的是四格的反身代名詞，接著將要說明三格的使用方法。

Ich kaufte mir ein Buch.　　我（為自己）買一本書。

Er wäscht sich die Hände.　　他（自己）洗手。

> **註** sich 便是表所有的三格。

括弧內的意義通常不譯出來，但是必須牢記反身代名詞有「給自己…」或「為自己…」之意。

40 反身動詞

　　上例皆表反身代名詞和動詞的共同使用法。如果我們把反身代名詞視為某動詞的一部份時，該動詞即成為一反身動詞。請看下例。

sich⁴ erkälten	著涼（主詞本身讓自己著了涼）
sich⁴ ändern	改變（主詞本身改變了）
sich⁴ setzen	坐下（主詞本身的就坐）

Sich⁴ erkälten 著涼

ich erkälte mich	wir erkälten uns
du erkältest dich	ihr erkältet euch
er erkältet sich	sie erkälten sich
Sie erkälten sich	

Ich erkälte mich leicht, wenn das Wetter sich ändert.

氣候一改變，我就容易感冒。

Er setzt sich auf den Stuhl.

他坐在椅子上。

　　反身動詞在上面的例句中常和四格的 sich 同時出現，但在下面的例句中也有些是和三格的 sich 同時出現的。在此種情況下的反身代名詞，除了第一人稱和第二人稱暱稱分別以 mir, dir 來表示外，其餘的皆和四格相同。

| sich³ merken | 察覺，牢記 |
| sich³ erlauben | 允許 |

Ich kann mir seinen Namen nicht merken.

我無法牢記他的姓名。

 kann < können「能夠」

41 表相互之意的代名詞 sich

sich 不是「自己本身」之意，而是 einander「互相地」之意。

Diese Leute hassen sich.　　這些人彼此憎恨。

Wo treffen wir uns?　　我們在哪裡碰面？

42 支配三格、四格的介系詞

an 靠…一旁（側）	auf 在…之上	hinter 在…之後
in 在…之中	neben 在…之旁	über 在…上方，超越…
unter 在…之下	vor 在…之前	zwischen 在…之間

　　九個介系詞，若只表示位置、場所則和三格同時使用；若表示動作的方向則和四格同時使用。換句話說，在回答 wo?（在哪裡）的詢問時，採用支配三格的介系詞，而支配四格的介系詞則用來回答 wohin?（去哪裡）的詢問。以 in 為例，in dem Garten 是「在庭院中」之意，in den Garten 則為「去庭院」之意。三格、四格的區別相當於英文中 *in* 和 *into* 的用法。

支配三格 wo?　**在何處**

Er spielt in dem Garten.
他在園裏遊戲。
Sie singt an dem Fenster.
她在窗戶旁邊歌唱。
Ich sitze auf dem Stuhl.
我坐在椅子上。
Er saß zwischen dir und mir.
他坐在你和我之間。

支配四格 wohin? 往何處

Er geht in den Garten.

他走到園裏去。

Sie kommt an das Fenster.

她來到窗邊。

Ich setze mich auf den Stuhl.

我坐到椅子上。

Er setzte sich zwischen dich und mich.

他坐到你和我之間來。

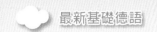

43 其他的介系詞

除上列九個外，其餘的介系詞分別只支配一種受詞。

支配二格的介系詞

statt 代替⋯   trotz 縱使⋯，不管⋯

während 在⋯時間之內   wegen 由於⋯ *etc.*

Trotz des Sturmes gehen die Kinder in die Schule.

孩子們不顧暴風雨上學去了。

Während der Ferien leben wir auf dem Lande.

假日裏我們住在鄉下。

支配三格的介系詞

aus 從⋯出來，出自⋯   bei 在⋯處；在⋯鄰近

gegenüber 對面，前面   mit 藉⋯；共同，一起

nach 往⋯（方向），在⋯之後（時間）   seit 自⋯以來

von 從⋯，被⋯，⋯的   zu 向⋯，對著⋯ *etc.*

Ich fahre mit dem Bus zu meiner Tante.

我搭巴士去我姑媽那裡。

Die Post liegt gegenüber dem Bahnhof （或者是 dem Bahnhof gegenüber）.

郵局和火車站相對。

Ich wohne seit drei Monaten bei meinem Onkel.

三個月以來我都住在叔叔那兒。

支配四格的介系詞

durch 經過…; 通過…

gegen 向…，對…

um 環繞，關於…

für 關於（作）為…

ohne 無…，非… *usw.*

Unser Zug fährt jetzt durch den Tunnel.
現在我們的列車駛經隧道。

Die Erde bewegt sich um die Sonne.
地球繞太陽運行。

44 介系詞和代名詞的結合字

　　和介系詞結合時，疑問代名詞 was （什麼）是 wo [r]-的形式，而人稱代名詞在表示人以外的事物時，則是 da[r]- 的形式。

worauf 何在？為何？

darauf 在此之上

womit 用何物？用何法？

damit 用此物，用此法 *etc.*

Womit (< mit was) schreiben Sie?
您用什麼書寫？

Schreiben Sie mit dem Füller?
您用鋼筆書寫嗎？

Ja, ich schreibe damit (< mit ihm).
是的，我就用這寫字。

45 介系詞和定冠詞的結合字

當定冠詞不表「這個⋯」的指示意味時，可以和介系詞合成一個字。

am = an dem	ans = an das	aufs = auf das
im = in dem	ins = in das	beim = bei dem
vom = von dem	zum = zu dem	zur = zu der *etc.*

Wir gehen heute abend ins Kino.
今晚我們看電影去。

Ich kaufe Wurst beim Fleischer.
我在肉店買香腸。

46 與介系詞合用的動詞

有些動詞的受詞必須加上介系詞，這一類帶有介系詞受詞的動詞 (Verben mit Präpositionatem Objekt)，其受詞常為四格。

Ich warte auf ihn.
我等待他。

Er erinnert sich an seine Kindheit.
他憶及童年時代。

> 註 字典中記法如下：
>
> auf $j.^4$ ($et.^4$) warten 是「等待某人（物）」之意。
>
> sich^4 an $j.^4$ ($et.^4$) erinnern 是「想起某人（物）、正憶起」之意。

MP3-20

單 字

Theater, *n.*-s, -	劇場	sich[4] befinden*	處於⋯，存在⋯
Mitte, *f.* -n	中央	sich[4] freuen	歡喜
Geschenk, *n.* -[e]s, -e	禮物	sich drehen	旋轉
indem　在⋯之際，以⋯之法		selbst	自己
schon	已經	liegen	躺
Krankheit, *f.* -en	疾病	Bett, *n.*-[e]s, -en	床鋪
Café, *n.* -s, -s	咖啡店	Ecke, *f.* -n	角落
verzeihen*	寬恕	Reise, *f.* -n	旅行
noch	尚，仍，依然	einmal	一度
Spiegel, *m.* -s,-	鏡子		

練習 9. A 　請將下列各句譯成中文。

1. Das Theater befindet sich in der Mitte der Stadt.

_____

2. Die Kinder freuen sich, wenn ihr Onkel mit dem Geschenk zu ihnen kommt.

_____

3. Die Erde dreht sich um die Sonne, indem sie sich um sich selbst dreht.

_____

4. Er stand auf dem Bahnhof und wartete auf seinen Freund.

_____

5. Wir freuen uns schon auf die Ferien.

_____

6. Wegen der Krankheit liegt sie seit drei Tagen im Bett.

_____

7. Treffen wir uns um fünf Uhr im Café an der Ecke!

_____

8. Verzeihen Sie bitte, wie komme ich zum Bahnhof?

_____

9. Er rasierte sich noch einmal vor dem Spiegel, bevor er mit seiner Freundin ins Theater ging.

_____

10. Erinnern Sie sich noch an jene Reise?—Ja, ich erinnere mich noch gut daran.

_____

 sich auf *et.*[4] freuen: 此種場合中的 auf 是「正在期待」之意。「因期待某物而感到愉快」也就是「沈涵於快樂之中」之意。

練習 9. ß　　請將下列各句譯成德文。

1. 他在浴室洗澡。 他進去浴室。

———————————————————————————————

2. 他們坐在沙發上。他們坐到沙發上。

———————————————————————————————

3. 圖片掛在鋼琴上邊兒。我把圖片掛到鋼琴上頭去。

———————————————————————————————

4. 我們躺在樹下。 我們在樹下躺下來。

———————————————————————————————

> 註　1. 表「正掛著」之意，即表狀態的 hängen 是個強變化動詞。
> 　　2. 表「掛上」之意，即表動作的 hängen 是個弱變化動詞。

Lektion 10 第十課 分離動詞

 **MP3-21**

Ich stehe jeden Morgen um sieben Uhr auf.
我每天早上七點起床。

> **註** stehe... auf: 其原式為 aufstehen「起床」之意。

47 分離動詞

　　動詞如 stehen 單獨使用時，作「站立、存在、堅牢」之意講。但字的前面可加上各種前音節作為分離動詞或不分離動詞。若加上不分離音節 ver- 為 verstehen, 即「理解」之意；加上 auf（通常為介系詞形）為 aufstehen，即「起床、站起來」之意。不分離動詞的前音節 ver 等無重音，分離動詞的前音節 auf 等則一定要唸重音。分離動詞如 aufstehen，在獨立句（主句）中作定動詞使用時，必須把帶重音的第一音節自原動詞中分離，如例句所示。至於在定動詞後置的情況下，即副句中的動詞，則不分離。

正置	Er steht jeden Morgen früh auf.
	他每天早晨都起得很早。
倒置	Jeden Morgen steht er früh auf.
	每天早晨他起得很早。
後置	Ich weiß, *daß* er jeden Morgen früh aufsteht.
	我知道他每天早晨起得很早。

由上可知當動詞作不定詞用時是不須分離的。

Er wird morgen spät aufstehen.
他明天將遲些起床。

48 分離動詞的三基本形式

三基本形式舉例如下：

不定詞	過去基本式	過去分詞
auf-stehen 起床	stand auf	aufgestanden
an-rufen 打電話	rief an	angerufen
ein-schlafen 入睡	schlief ein	eingeschlafen
spazieren-gehen 散步	ging spazieren	spazierengegangen
vor-stellen 介紹	stellte vor	vorgestellt
teil-nehmen 參加	nahm teil	teilgenommen

註 我們通常以如 auf-stehen 的形式來表示其為一分離動詞，即在第一音節和動詞本體間劃上一條分離線。

請注意 aufstehen 的過去基本式是 stand auf。您不妨將它認為是 ich (er) stand auf 中省略 ich (er) 的形式。形成過去分詞的 ge- 是被插在第一音節和動詞本體之間。

49 不須分離的第一音節

由於此種動詞的第一音節沒有重音，所以它們的第一音節根本不須分離。

be- emp- ent- er- ge- miβ- ver- zer-

besuchen 訪問   erlernen 學得，學會

gehören 屬於   verstehen 了解

如上列第一音節不置重音的動詞，其過去分詞無須加上前音節 ge，這一點前面也提過了。此外，其用法和一般動詞完全相同。

50 分離、不分離的第一音節

分離動詞的第一音節有重音，非分離動詞則無，此乃辨別是否為一分離動詞的要訣。但有些字同時可作為分離或非分離動詞，此時就須視原句子或前後文以判斷其重音所在及其字句原意了。下面試舉一例：

分離	über-setzen	Er setzt mich mit dem Boot über.
	渡過	他用船渡我上岸。
非分離	übersétzen	Er übersetzt den Text ins Deutsche.
	翻譯	他把這份文件譯成德文。

當您查閱字典時，不僅要注意單字的意義和拼字，更要留意它的重音所在，平時尤須以正確的音調來發音。

分離或非分離動詞的前音節有 durch-, hinter-, über-, um-, unter-, voll-, wider-, wieder- 等八個。當動詞 übersetzen 表「渡向那邊」時，我們即使將其分離成 über, setzen 也能了解其分別為「向那邊」，「放、擱」之意；但是當 übersetzen 表「翻譯」之意時，因意義較抽象，所以將其分離後，則較難了解其涵意。像前者所示，分解之後也能把握住涵意的多半是分離動詞，相反地無法分解如後者所示，則通常是不可分離的動詞。

51 nicht 的位置

否定詞 nicht 的位置有時和英文中的 *not* 不同，請注意。

(1) **全部否定**：以 nicht 置於句末為原則。

Er liebt seinen Bruder nicht.
他不愛他的兄（弟）。

若是句中有定動詞要素時，則將 nicht 置於其前。

Sie wird ihn nicht *besuchen*.
她將不去拜訪他。

Er ist seinem Vater nicht *ähnlich*.
他不像他父親。

Ich gehe heute nicht *nach Hause*.
我今天不回家。

Er steht noch nicht *auf*.
他尚未起床。

如上例句中以斜體書寫的部份，是和定動詞間有密切關係而構成定動詞要素。分離動詞的第一音節亦是定動詞要素。

(2) **部份否定**：nicht 置於被否定的部份之前。

Er liebt nicht seinen Bruder.
他愛的不是他的兄（弟）。

MP3-22

Osten, *m*, -s	東	auf-gehen*	上升，昇
Westen, *m*. -s	西	unter-gehen*	沈落
sobald	一俟…立即…	an-fangen*	開始
Pullover, *m*, -s, -	套（頭毛）衫	an-ziehen*	穿上
damit	藉此…	Jacke, *f*. -n	夾克
aus-ziehen*	脫去	Bahnsteig, *m*. -s, -e	月台
ab-fahren*	出發	ein-steigen*	上車
aus-steigen*	下車	an-kommen*	到達

練習 10. A 請將下列各句譯成中文。

1. Die Sonne geht im Osten auf und im Westen unter.

_____

2. Ich nahm an der Reise nicht teil.

_____

3. Er schläft ein, sobald die Vorlesung anfängt.

_____

4. Bitte, stellen Sie mich Ihrer Schwester vor!

_____

5. Ich ziehe meinen Pullover an, damit ich mich nicht erkälte.

_____

6. Bevor ich den Pullover anziehe, ziehe ich die Jacke aus.

_____

7. Von welchem Bahnsteig fährt der Zug nach Berlin ab?

_____

8. Der Tourist stieg in Bonn in unseren Zug ein und in Köln aus.

_____

9. Wann kommt der Zug in München an?

_____

10. Rufen Sie mich bitte an, wenn Sie am Bahnhof ankommen!

_____

練習 10. ß　　請將下列各句譯成德文。

1. 我每天早晨散步。

   我因為每天早晨散步，所以身體健康。

   我將每天早晨去散步。

   _____

   _____

   _____

2. 太陽快出來了。

   太陽出來，天就亮了。

   太陽即將昇起。

   _____

   _____

   _____

3. 我們換了三次車。

   您知道我們換了三次車嗎？

   我們將換三次車。

   _____

   _____

   _____

4. （大）學生們在茅屋裏過夜。

   我不知道（大）學生們是否在茅屋裏過夜。

   （大）學生們將不會在茅屋裏過夜。

   _____

   _____

   _____

Lektion 11 第十一課
完成時式

 MP3-23

* Ich habe ein Buch gekauft.　　　我買了一本書。
* Der Frühling ist gekommen.　　　春天到了。

52 haben 和 sein 的適用場合

上述的例句，二者皆表完成式，但第一個例句以 haben 做為助動詞而第二例句則以 sein 做為助動詞。德語中通常用 haben 為助動詞來表完成式，但有一部份不及物動詞是用 sein ，而及物動詞則全部用 haben 來表示。

🎵 53 sein 所支配的動詞

以 sein 來表示完成式的動詞如下：

(1) 表地點移動的不及物動詞

gehen	行，走，去	kommen	來
fahren	（乘車）去	reisen	旅行
fallen	掉落	steigen	上，登

這些都是和 gehen「去」具有相同性質的動詞。

(2) 表狀態發生變化的不及物動詞

werden	成為	sterben	死亡
genesen	痊癒	reifen	成熟
einschlafen	入睡	erwachen	覺醒

這些都是和 werden「成為…、變成…」具有相同性質的動詞。例如 sterben「死亡」可以將其想為 tot werden，即「變成死亡的狀態」。

(3) 其他

sein	是，乃	bleiben 停留，保留

> 註 在字典中 sein 所支配的動詞是以如 gehen, i.(s) 的形式來表示不及物動詞，即在 i. 的後面附上 (s) 的記號。若無此記號，則表示全部以 haben 來支配。

54 現在完成式

以 haben sein 的現在式 + 過去分詞 來構成此一時態。在此時，過去分詞即屬於定動詞要素，所以要置於句尾而形成「〔 〕構造」。

haben 支配的例字

kaufen 買

ich habe
du hast
er hat
wir haben   ... gekauft
ihr habt
sie haben

sein 支配的例字

kommen 來

ich bin
du bist
er ist
wir sind   ... gekommen
ihr seid
sie sind

現在完成式適用的場合如下：

(1) **表動作的完成和結果**

Ich habe mein Wörterbuch verloren.
我的字典遺失了。

Der Herbst ist gekommen.
秋天已來到。

(2) **表過去的經驗**

Ich bin einmal in Deutschland gewesen.
我曾到過德國。

> 註 ich bin... gewesen = 英 *I have been* …

(3) **代替過去式**

Ich habe ihn *gestern* besucht. (=Ich besuchte ihn gestern.)
昨天我去拜訪他。

　　(1)和(2)的用法和英文相同，但是(3)的用法在英文中則無。在德語會話中常以現在完成時態來代替過去時態，這就是代替過去式的現在完成式。它和英文不同之處是：即使句子中有 gestern 等表示過去的副詞，也可以用現在完成式來表達。

55 過去完成式

以 haben 或 sein 的過去式+過去分詞 構成此一形式。

ich hatte	
du hattest	
er hatte	
wir hatten	... gekauft
ihr hattet	
sie hatten	

ich war	
du warst	
er war	
wir waren	... gekommen
ihr wart	
sie waren	

過去完成式是以過去的某一時刻為基準，來表示以前曾做過的動作。

Als ich am Bahnhof ankam, war der Zug schon abgefahren.
我到車站時，列車已開走。

Vor Kolumbus hatte kein Europäer Amerika gesehen.
在哥倫布之前，歐洲人未曾見過美洲。

🎵 56 未來完成式

以 **werden+完成不定詞** 來構成此一形式。

ich werde
du wirst
er wird ...... ｛ gekauft haben
wir werden 　　　 gekommen sein
ihr werdet
sie werden

> **註** gekauft haben 和 gekommen sein 稱為完成不定詞。

未來完成式是表示到未來的某一時刻即將完成的動作。

Bis morgen abend werde ich das Buch gelesen haben.
到明晚，我將看完這本書。

未來完成式也可用來表示對過去（就時間而言已成過去）事情的推測。

Er wird wohl krank gewesen sein. 他大概是病了。

 MP3-24

單字

schlecht	壞的	erst	才，首先
gegen drei Uhr morgens 清晨三點左右		so	如此
Examen, *n.* -s, -	試驗，考試	bestehen*	合格
leider	可惜，遺憾	durch-fallen*	（考試）不及格
Feuerwehr, *f.* -en	消防隊	zurück-kommen*	返回
Feuer, *n.* -s, -	火，火災	löschen	熄滅，撲滅
immer	總是，一直	protestieren	抗議
Krieg, *m.* -[e]s, -e	戰爭		

練習 11. A 　　請將下列各句譯成中文。

1. Haben Sie gut geschlafen?—Nein, schlecht. Ich bin erst gegen drei Uhr morgens eingeschlafen.

_____

2. Er ging zu Fuß nach Hause, weil er Wein getrunken hatte.

_____

3. Wenn Sie so spät nach Hause kommen, wird Ihre Frau schon eingeschlafen sein.

_____

4. Hast du das Examen bestanden?—Nein, ich bin leider durchgefallen.

_____

5. Obgleich ich über[1] drei Jahre in Deutschland gewesen bin, ist mein Deutsch so schlecht.

_____

6. Die Feuerwehr kommt zurück. Man wird das Feuer gelöscht haben.

_____

_____

> 註 über: 在此解釋為「…之上」之意。

■練習 11. ß　　請將下列各句譯成中文，並以現在完成式表達。

1. Ich schlafe immer tief.

_____

_____

2. Das Kind schläft bald ein.

_____

_____

3. Verstehen Sie mich?

_____

_____

4. Sein Sohn wird Arzt.

_____

_____

5. Deutschland gefällt mir gut.

_____

_____

6. Die Studenten protestieren gegen den Krieg.

_____

_____

7. Wir bleiben noch zwei Tage in Düsseldorf.

_____

_____

第十二課
形容詞的格變化

a. 述語的用法　　Der Garten ist schön.　　這座庭園是美麗的。

b. 附加語的用法　ein schöner Garten　　一座美麗的庭園。

57 形容詞的用法

　　形容詞有兩種用法，其一即 a. 例 Der Garten ist schön 中的 schön 和動詞 sein 結合而構成一述語，此種場合不作格變化，仍以原形出現。其二即 b. 例 ein schöner Garten 中的 schöner，作為一附加語而置於名詞之前，此種以 -er 附於原形之後的情形，我們稱之為形容詞的格變化。其格變化有下列三種情況。

強變化			形容詞	+	名詞
弱變化	定冠詞 [類]	+	形容詞	+	名詞
混合變化	不定冠詞 [類]	+	形容詞	+	名詞

🎵 58 形容詞的強變化

在形容詞之前沒有冠詞類的時候，形容詞便和定冠詞類 dieser 一樣作相同的格變化來表示它的性、數、格。但陽性、中性的二格為例外，它的字尾是加上 -en 而不是像 dieser 一樣帶有 -es 的字尾。這是因為陽性、中性的二格通常在名詞之後附上 -es 或是 -s 的字尾之故。

	m.	*f.*	*n.*	*pl.*
1 格	-er	-e	-es	-e
2 格	*-en*	-er	*-en*	-er
3 格	-em	-er	-em	-en
4 格	-en	-e	-es	-e

> **註** 在二格陽性弱變化名詞之前的形容詞，其字尾加上 -es，例 guter Mensch →gutes Menschen。但實際上此例非常少見。

m. 好酒	*f.* 好的巧克力	*n.* 好啤酒
gut-er Wein	gut-e Schokolade	gut-es Bier
gut-en Weines	gut-er Schokolade	gut-en Biers
gut-em Wein	gut-er Schokolade	gut-em Bier
gut-en Wein	gut-e Schokolade	gut-es Bier

pl.		
gut-e Weine,	Schokoladen,	Biere
gut-er Weine,	Schokoladen,	Biere
gut-en Weinen,	Schokoladen,	Bieren
gut-e Weine,	Schokoladen,	Biere

> **註** 如 Weine 等物質名詞的複數形，是用於表示種類。

59 形容詞的弱變化

定冠詞和定冠詞類以較詳盡的格變化來表達名詞的性、數、格，所以其後的形容詞字尾僅附上 -e 或 -en，作簡單的格變化。

	m.	*f.*	*n.*	*pl.*
1 格	-e	-e	-e	-en
2 格	-en	-en	-en	-en
3 格	-en	-en	-en	-en
4 格	-en	-e	-e	-en

m. 好丈夫	*f.* 賢妻	*n.* 好孩子
der gut-e Mann	die gut-e Frau	das gut-e Kind
des gut-en Mannes	der gut-en Frau	des gut-en Kindes
dem gut-en Mann	der gut-en Frau	dem gut-en Kind
den gut-en Mann	die gut-e Frau	das gut-e Kind

pl.

die gut-en Männer,	Frauen,	Kinder
der gut-en Männer,	Frauen,	Kinder
den gut-en Männern,	Frauen,	Kindern
die gut-en Männer,	Frauen,	Kinder

60 形容詞的混合變化

　　不定冠詞、不定冠詞類與定冠詞類相較之下有個特徵，即陽性一格和中性一格、四格不加語尾。因此緊接不定冠詞（類）之後的形容詞，在此三種情況下便產生強變化以補不定冠詞語尾之不足，其餘皆為弱變化。

	m.	*f.*	*n.*	*pl.*
1 格	-er	-e	-es	-en
2 格	-en	-en	-en	-en
3 格	-en	-en	-en	-en
4 格	-en	-e	-es	-en

m.	*f.*
我的好兒子	**我的好女兒**
mein△ gut-er Sohn	meine gut-e Tochter
meines gut-en Sohnes	meiner gut-en Tochter
meinem gut-en Sohn	meiner gut-en Tochter
meinen gut-en Sohn	meine gut-e Tochter

n.	*pl.*
我的好孩子	
mein△ gut-es Kind	meine gut-en Söhne
meines gut-en Kindes	meiner gut-en Söhne
meinem gut-en Kind	meincn gut-en Söhnen
mein△ gut-es Kind	meine gut-en Söhne *etc.*

61 形容詞的名詞化

含有陽性、陰性或複數格變化等字尾的形容詞，欲作名詞使用以表示「人」時，其第一個字母須大寫。

---

krank「疾病的」的名詞化

m. 男病人	*f.* 女病人	*pl.* 病人（複數）
der Kranke	die Kranke	die Kranken
ein Kranker	eine Kranke	Kranke

表示男性時，等於在後面加上 Mann「男」，女性則等於加上 Frau「女」，複數則等於加上 Leute「人人」。

下面再舉兩、三個例子。

reich	富有的	→	der Reiche	富人
deutsch	德國的	→	der Deutsche	德國人
alt	年老的	→	der Alte	老人

中性形容詞的名詞化是用來表示事物或事情

---

neu「新的」名詞化

n.

新事物（消息）	一些新事物	沒什麼新事物
das Neue ; Neues	etwas Neues	nichts Neues

Der Kranke hat hohes Fieber.　　　　病人發高燒。

Das Alte geht, und das Neue kommt.　　長江後浪推前浪。（舊去新來。）

MP3-26

單 字

Lokomotive, *f.* -n	火車頭	ziehen*	曳,引
lang	長的	freundlich	友善的
streng	嚴格的	mieten	租借
arm	窮困的	blind	盲的
weiß	白的	Stock, *m.* -[e]s, ¨ e	手杖
dunkel	黑暗的	Zeitung, *f.* -en	報紙
Hündchen, *n.* -s, -, Hündlein, *n.* -s,-	小狗		

練習 12. A　　請將下列各句譯成中文。

1. Ein gutes Buch ist ein guter Freund.

---

2. Die kleine Lokomotive zieht einen langen Zug.

---

3. Die freundliche Dame war die Frau unseres strengen Lehrers.

---

4. Ich habe ein kleines Zimmer in einem großen Haus gemietet.

---

5. Es gibt arme und reiche Menschen.

---

6. Der Blinde ging an einem weißen Stock.

---

7. Dieses Zimmer ist dunkel. Ich habe ein dunkles[1] Zimmer nicht gern.

---

8. Die Berge sind hoch. Ich steige gern auf hohe[2] Berge.

---

9. Steht etwas Neues in der Zeitung?—Nein, nichts Neues.

---

10. Ein kleiner Hund heißt Hündchen[3] oder Hündlein[3].

---

 1. dunkles: 由於 dunkeles 唸起來不順口，所以省略前面的 e。

2. hohe: hoch 在作附加語用時，語幹以 hoh- 的形式出現。

3. Hündchen, Hündlein: -chen, -lein 是帶有「小的…」之意的語尾。凡帶有此種語尾者，變成中性時，其母音通常必須變音。
Mädchen「少女」，Fräulein「小姐」是中性，即為此因。

練習 12. ß 請將下列各句譯成德文。

1. 健康的孩子面頰紅潤。

_____

2. 這富醫送給嬌妻一枚貴重的戒指。

_____

3. 德國人金髮褐眼。

_____

4. 勤快的學生寫了一封長信給他病中的老師。

_____

Lektion 13 第十三課
敘述法的助動詞

MP3-27

- Können Sie schwimmen?　　　　您會游泳嗎？
- Nein, ich kann nicht schwimmen.　不，我不會游泳。

62 敘述法助動詞的現在式

　　像 können「能…」般，凡用以輔助其他動詞，使其在語言的表達上產生更細膩感覺的助動詞，謂之敘述法助動詞。此種助動詞共有六個，其中除了 sollen 以外，其第一、三人稱單數現在式語幹的母音皆與不定詞語幹的母音不同。

können	能夠	ich (er) kann	英 *can*
müssen	必須	ich (er) muβ	英 *must*
wollen	欲，要	ich (er) will	英 *will, want*
sollen	應該	ich (er) soll	英 *shall, should*
dürfen	可以	ich (er) darf	英 *may*
mögen	也許，喜好	ich (er) mag	英 *may*

　　為了慎重起見，茲將現在式的人稱變化揭示如下：

	können	müssen	wollen	sollen	dürfen	mögen
ich	kann	muβ	will	soll	darf	mag
du	kannst	muβt	willst	sollst	darfst	magst
er	kann	muβ	will	soll	darf	mag
wir	können	müssen	wollen	sollen	dürfen	mögen
ihr	könnt	müβt	wollt	sollt	dürft	mögt
sie	können	müssen	wollen	sollen	dürfen	mögen

63 敘述法助動詞的用法

它是和其他動詞的不定式同時使用。像此種將不定詞置於句尾而造成〔 〕構造的形式，和表示未來時態的形式相同。

(1) können a. 能、會… b. 也許、可能…

Er kann Deutsch sprechen.　　　　　他會講德語。

Sie kann jeden Augenblick kommen.　她隨時可能駕臨。

> 註 jeden Augenblick:「每一刻鐘」是副詞的四格。

(2) müssen a. 必須…、應該… b.一定是…

Du mußt zum Arzt [gehen].　　　　　你必須去看醫生。

Das muß wahr sein.　　　　　　　　這定是真的。

> 註 當句子中有表示方向的用語，如 zum Arzt 等出現時，則本動詞有時會被省略。

(3) wollen a. 意欲… b.主張…

Er will das Mädchen heiraten.　　　　他想要和這女孩結婚。

Sie will dich im Kino gesehen haben.　她主張在電影院見你。

> 註 gesehen haben「見過了」是 sehen「見」的完成不定詞

(4) sollen a. 當、應該…（主詞以外的意志）
　　　　　b. 表示猜測或可能。

Du sollst nicht stehlen.　　妳不能行竊。（表宗教、道德的約束力）

Ich soll Arzt werden.　　　我得當一名醫生。（表父親的意志）

Du sollst Kuchen haben.　　你得帶著這些糕餅。（表說話者的意志）

Der Alte soll an Krebs gestorben sein.　　這老人定是死於癌症。

(5) **dürfen**　a. 可以做…

　　　　　　b. 與 nicht 連用，表不可以做…之意。

Darf ich Ihr Telefon benutzen?　　我借用您的電話好嗎?

Man **darf** hier nicht baden.　　　　此處不准沐浴。

(6) **mögen**　a. 也許…也不一定、大概…

　　　　　　b. 喜歡、愛好

Er **mag** über vierzig Jahre alt sein.　他大概四十出頭了。

Ich **mag** keinen Fisch.　　　　　我不喜食魚。

64 敘述法助動詞的完成時態

原則上是使用和不定詞同形的過去分詞。

現　　在	現在完成
Ich **kann** es tun.	Ich **habe** es tun **können**.
我能做它。	我已有能力做它。

敘述法的助動詞沒有本動詞，所以當它本身作本動詞使用時，其過去分詞要附上 ge-。

Ich **kann** es.	Ich **habe** es **gekonnt**.
我熟諳此事。	我已熟諳此事。

敘述法助動詞的三基本形式

不定詞	過去基本式	作為本動詞時的過去分詞	作為助動詞時的過去分詞
können	konnte	gekonnt	können
müssen	muβte	gemuβt	müssen
wollen	wollte	gewollt	wollen
sollen	sollte	gesollt	sollen
dürfen	durfte	gedurft	dürfen
mögen	mochte	gemocht	mögen

🎵 65 性質與敘述法助動詞相同的動詞

lassen「使…」（英 *let*），hören「聽」（英 *hear*），sehen「看」（英 *see*）等，其用法有時和助動詞相同。

Sie läßt mich warten.	Sie hat mich warten lassen.
她讓我等待。	她已讓我久等。

Ich höre ihn singen.　　　Ich habe ihn singen { hören. / *gehört.* }
我聽見他唱歌。　　　　　我已聽見他唱歌。

🎵 66 關於 möchte

möchte 是 mögen「喜歡」的虛擬法二式（相當於英文中的假設法，容後再敘）。第一人稱單數形 ich möchte [gern] …，即「想做…」之意（英 *I'd like to*），在日常會話中應用極廣，所以務必牢記。此種形式中的 gern 也可以省略。

Ich möchte [gern] Herrn Müller sprechen.
我想見米勒先生。

Ich möchte [gern] ein Glas Bier [haben].
我想要一杯啤酒。

MP3-28

單 字

mit-kommen*	同來，同行	Grammatik, *f.* -en	文法
selbst	即使…，本身	König, *m.* -s, -e	國王
schnell	快，急	Zigarette, *f.* -n	香煙
Schlüssel, *m.* -s. -	鑰匙	liegen* lassen*	遺置
hinein	進去，入內	auf-schlieβen*	開鎖

練習 13. A 請將下列各句譯成中文。

1. Wenn du nicht arbeiten willst, so sollst du nicht essen.

_____

2. Ich kann Ihnen nicht helfen. Denn ich muß die Vorlesung besuchen.

_____

3. Darf ich mitkommen?─Ja, Sie dürfen mitkommen, wenn Sie wollen.

_____

4. Es klopft an die Tür. Wer mag es sein?

_____

5. Er will seiner neuen Freundin etwas Schönes schenken.

_____

6. Er soll ein schönes Mädchen geheiratet haben.

_____

7. Du darfst nicht Auto fahren[1], weil du Bier getrunken hast.

_____

8. Der Grammatik muß selbst der König gehorchen.

_____

9. Können Sie einen Augenblick[2] warten? Ich möchte schnell Zigaretten kaufen.

_____

10. Ich habe meinen Schlüssel im Zimmer liegen lassen und kann nicht hinein[3].
    Können Sie bitte aufschließen?

_____

 1. Auto fahren:「開車」此種慣用語，經常使用無冠詞的名詞。

2. einen Augenblick: 是「一瞬間」、「片刻」之意，乃副詞的四格。

3. kann nicht hinein: 因句中有表示方向之意的 hinein, 所以本動詞被省略。

練習 13. B 請將下列各句譯成德文，並分別改為過去式和現在完成式。

1. 他能翻譯這份原文。

_____

_____

_____

2. 我星期日也得工作。

_____

_____

_____

3. 你可以在這裏停車。

_____

_____

_____

4. 她想學德語。

_____

_____

_____

5. 你應該說出實情。

_____

_____

_____

6. 小孩喜歡巧克力糖。

_____

_____

_____

7. 教授（要人）從德國寄書來。

_____

_____

_____

Lektion 14 第十四課
比較級和最高級

 **MP3-29**

- Der Virus ist **kleiner** als die **kleinste** Bakterie.
  病毒比最小的細菌還要小。

> **註** als:「比…還…」相當於英文中的 *than*。

67 比較級和最高級

上例的 kleiner「更小的」是形容詞 klein「小的」的比較級，kleinste 則是在最高級 kleinst「最小的」之後附上格變化的字尾而形成。

德語比較級、最高級的字尾雖和英文相似，但其最高級原則上是加 -st 的字尾，唯有在發音不順口時，才附上 -est 的字尾。此外，形容詞的音節若含有 a, o, u, 等母音時，其比較級，最高級通常要變音。

	原級	比較級	最高級
klein	小的	kleiner	kleinst
jung	年輕的	jünger	jüngst
alt	年老的，舊的	älter	ältest
langsam	慢的	langsamer	langsamst

也有一些變化不規則的形容詞，如下表所示：

groß	大的	größer	größt
gut	好的	besser	best
hoch (hoh-)	高的	höher	höchst
nahe	近的	näher	nächst
viel	多的	mehr	meist
gern	欣然，喜好	lieber	am liebsten

♪ **68** 比較級、最高級的附加字用法

在名詞之前的比較級、最高級，也和原級一樣附有格變化的字尾。

mein **älter-er** Bruder	我哥哥
mein **ältest-er** Bruder	我大哥
Hunger ist der **best-e** Koch.	空腹是最佳的廚師。

♪ **69** 比較級的述語用法

als「比…還…」要附於被比較的對象之前。

Blut ist **dicker** *als* Wasser.	血濃於水。
Ich bin [um] ein Jahr **älter** *als* Sie.	我大約長您一歲。

> **註** um「…左右、鄰近」也可省略。

 **70** 最高級的述語用法

(1) sein 和最高級合用時，原則上其形容詞部份必須使用 am ~ sten 的形式。

Die Rose ist im Herbst am schönsten.
玫瑰在秋季裏最嬌艷。

Der Fluβ ist tief, der See ist tiefer ; das Meer ist aber am tiefsten.
河流深，湖更深，海洋則最深。

(2) 當最高級之後的名詞被省略時，則使用 der ~ ste, die ~ ste, das ~ ste 之形式。

Der gerade Weg ist der kürzeste.
直徑是最短的路。

> **註** der kürzeste Weg 是「最短的路」之意。

Der Frühling ist die schönste unter （或者是 von) den vier Jahreszeiten.
四季裏春季最宜人。

> **註** die schönste Jahreszeit 是「最宜人的季節」之意。

Unter （或者是 von) allen Tieren ist der Wal das gröβte.
動物界以鯨魚為最龐大。

> **註** das gröβte Tier 是「最龐大的動物」之意。

以 am ~ sten 的形式來代替 der ~ ste, die ~ ste, das ~ ste 的表達方式也可以。

71 比較級、最高級的副詞用法

如各位所知，形容詞也可以當副詞使用，比較級、最高級的用法也一樣。但是最高級必須以 am ~ sten 的形式來表達。

Barbara singt schön. 　　　　　　　　巴巴拉歌聲優美。

Du singst schöner als sie. 　　　　　　你唱得比她好。

Aber deine Schwester singt am schönsten. 但是令妹唱得最好。

> **註** 除 am ~ sten 外，「bestens, aufs ~ ste, zum ~ sten」等亦以最高級副詞的形式出現，但其意則為「就力之所能及、極盡、絕對」之意，而不再是最高級的用法。
>
> 　　Sie singt *aufs schönste.* 他歌聲絕佳。
>
> 　　Grüßen Sie ihn *bestens*! 請您轉達我對他的問候。

72 je+比較級, desto (um so)+比較級

此乃「愈…愈…、更加…」之形式。前半部是定動詞後置，後半部則是倒置。

Je mehr, { desto / um so } besser. 愈多，愈好。

Je früher du zum Arzt gehst, desto （或者是 um so ）schneller wirst du gesund.
你愈早去看醫生，就愈快康復。

73 原級的相互比較

在表達一物和另一物間性質相同的程度時，則使用 [eben] so ~ wie（英 *as ~ as*）之形式。

Er ist [eben] so fleißig wie du.　　　他像你一樣勤快。

表否定時，則用 nicht so ~ wie（英 *not so ~ as*)之形式。

Sie singt nicht so schön wie Sie.　　她歌聲不如你優美。

MP3-30

單 字

früher	以前
eben	正巧
Mah-Jongg, *n.* -s	麻將
verdienen	賺得，獲得
Rhein, *m.* -s	萊因河
heiβ	熱的
Haltestelle, *f.* -n	停車站

練習 14. A 請將下列各句譯成中文。

1. Früher wohnten wir in einem größeren Haus als jetzt.

   _____

2. Bist du älter oder jünger als Peter?—Ich bin zwei Jahre älter als er, aber er ist ebenso groß wie ich.

   _____

3. Unter allen Flüssen Deutschlands ist der Rhein der schönste.

   _____

4. Die Sonne ist am schönsten, wenn sie eben aufgeht.

   _____

5. Die Liebe macht blind. Je heißer man liebt, desto blinder wird man.

   _____

6. Er arbeitet gern. Ich spiele lieber Mah-Jongg, und am liebsten schlafe ich.

   _____

7. Können Sie bitte sagen, wo die nächste Haltestelle ist?

   _____

8. Meine Frau verdient viel[1] mehr Geld als ich.

   _____

9. Wie komme ich am schnellsten zum Bahnhof?

   _____

10. Die Reichen werden immer[2] reicher, und die Armen immer ärmer.

   _____

 1. viel + 比較級：「比…更…」之意。
2. immer + 比較級：「更加…」之意。

練習 14. ß 　請將下列各句譯成德文。

1. 我女兒已經長得比我高大。

_____

2. 這姑娘微笑的時候最俊俏了。

_____

3. 在所有國家中瑞士風光最佳。

_____

4. 您吃得愈多，會變得愈胖。

_____

Lektion 15

第十五課
關係代名詞

 **MP3-31**

- a. 指示代名詞
  Es war einmal ein König, *der hatte* kein Kind.
  從前有一個國王，他膝下沒有子女。

- b. 關係代名詞
  Es war einmal ein König, *der* kein Kind *hatte*.
  從前有一個膝下無子女的國王。

> 註 es war einmal…：「從前有…」此乃童話中常用的開頭語，es 是文法上的虛主詞。

 74 指示代名詞與關係代名詞

　　上列兩個例句，其不同處只有 hatte 的位置。a. 中的 der 是用來代替 der König 的指示代名詞，所以其後的定動詞要正置；而 b. 中的 der 是個關係代名詞，所以 hatte 必須後置。b. 句中的關係代名詞 der 以下的部份直接跟在先行詞 der König 之後，這是因為關係代名詞本身已兼有從屬連接詞的功能。由此可知為何關係代名詞所引導的子句，其定動詞必須後置。此外，切記關係子句和主句之間必須加上逗點。

75 關係代名詞 der 的格變化

在以下的表格中，除了粗體字書寫的部份外，皆和定冠詞同形，但是發音則較定冠詞長。只有 das 和 dessen 例外，發短音。

	m.	f.	n.	pl.
1 格	der	die	das	die
2 格	dessen	deren	dessen	deren
3 格	dem	der	dem	denen
4 格	den	die	das	die

註 在文章中以 welcher 來代替 der 的情況並不多見。

🎵 76 關係代名詞的用法

　　關係代名詞的性和數，雖和先行詞一致，但是它的格和先行詞卻完全不同，關係代名詞的格是視其在關係子句中所扮演的角色而定。例如關係代名詞在關係子句裏，若是當主詞則是一格，若是當其他動詞的受詞則是四格。

Kennen Sie den Studenten, der dort Klavier spielt?
您認識在那邊彈鋼琴的那個學生嗎？

> 註 若解釋為「學生在那邊彈鋼琴」，其關係代名詞應為一格。

Der Student, dessen Vater erkrankt ist, reist morgen ab.
這個父親生病的學生明天要出發去旅行。

> 註 Der Vater *des Studenten* ist erkrankt. 若解釋為「這學生的父親病了」，則其關係代名詞應為二格。

Der Student, dem ich das Buch schicke, wohnt in Berlin.
我送他書的這學生住在柏林。

> 註 Ich schicke *dem Studenten* das Buch. 若解釋為「我送這學生書」，則其關係代名詞應為三格。

Der Student, den ich Ihnen vorstellen will, studiert Medizin.
我想介紹給您的這學生是學醫的。

> 註 Ich will Ihnen *den Studenten* vorstellen. 若解釋為「我想介紹這學生給您」，則其關係代名詞應為四格。

77 不定關係代名詞

　　在有關係代名詞的句子中，有時也可不用先行詞，如 wer 和 was 便是。這並非特指某場合，而是意謂一種沒有特別指明的情況，即「大凡…」之意，所以稱之為不定關係代名詞。

[大凡] 做…的人		[大凡] 做…事	
1 格	wer	1 格	was
2 格	wessen	2 格	無
3 格	wem	3 格	無
4 格	wen	4 格	was

　　wer 和 was 也可作疑問代名詞使用，在此列舉三種不同的用法，請加以辨認。

疑問句	Wer hat Geld?	誰有錢
從屬疑問句	Ich weiß, wer Geld hat.	我知道誰有錢。
關係句	Wer Zeit hat, hat kein Geld.	有時間的人沒有錢。

78 不定關係代名詞的用法

　　由於 wer 本身帶有先行詞之作用，所以句中不須再使用先行詞，而將指示代名詞 der 當成後行詞來使用。

當 was 和 der 同為一格時，der 可省略。

> **Wer** Zeit hat, [*der*] hat kein Geld.
> 沒錢的人有時間。

> **Wessen** Hand kalt ist, *dessen* Herz ist warm.
> 手冷之人，其心溫暖。

> **Wem** du hilfst, *der* ist dir nicht immer dankbar.
> 受你幫助的人不一定永遠感激你。

> **Wen** ich liebe, *dem* will ich alles geben.
> 我願為所愛的人奉獻一切。

was 也一樣可不用先行詞，所以有時用指示代名詞 das 來作後行詞。此外，也可將 alles「全部的東西、事物」，etwas「某些東西、事物」，nichts「什麼…也沒有」，das「那個東西、事物」等視為先行詞。

> **Was** man besitzt, [*das*] liebt man selten.
> 人們很少喜愛所擁有的。

> Das ist *alles*, **was** ich weiß.
> 這是我所知道的一切。

> Glauben Sie *das*, **was** er sagt?
> 您相信他所說的嗎?

MP3-32

單字

untersuchen	審訊，研究	Ursache, *f.* -n	原因
Handschuh, *m.* -s, -e	手套	Film, *m.* -[e]s, -e	底片，電影
interessant	感興趣的，有趣的	Sommer, *m.* -s, -	夏季
Schnee, *m.* -s	雪	sich entscheiden*	下決心
verboten	禁止的	fremd	外國的，陌生的
eigen	自己的	einzig	唯一的，無匹的
auf Erden	在塵世中	Löwe, *m.* -n, -n	獅
Angst, *f.* ⸚e	不安，害怕	Löwin, *f.* -nen	母獅

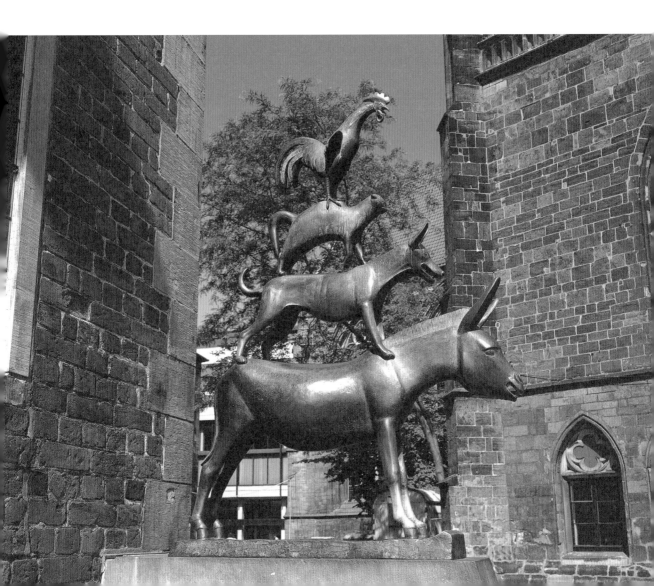

練習 15. A 請將下列各句譯成中文。

1. Der Arzt, der mich untersuchte, war ein Freund meines Vaters.

2. Es gibt Krankheiten, deren Ursachen noch nicht klar sind.

3. Ich gehe zu der Dame, der diese Handschuhe gehören.

4. Ich möchte auch den Film sehen, den du so interessant gefunden hast.

5. In der Schweiz gibt es Berge, auf welchen[1] auch im Sommer Schnee liegt.

6. Wer sich nicht entscheiden kann, will sich nicht entscheiden.

7. Ich habe nichts gemacht, was verboten ist.

8. Ich möchte einen Freund haben, dem ich trauen kann.

9. Wer fremde Sprachen nicht kennt, weiß nichts von seiner eigenen[2]. (*Goethe*[3])

10. "Was ist das einzige Tier auf Erden, vor dem der Löwe Angst hat?" fragt der Lehrer. "Die Löwin", antwortet die kleine Maria.

---

 1. auf welchen = auf denen

2. von seiner eigenen: 在其後也可附加上 Sprache。

3. Goethe: 發音和 Göte 相同。

■ **練習 15. ß**　　請將下列各句譯成德文。

1. 昨天和您在一起的那位先生是誰?

　　_____

2. 他所寫的那篇文章非常有趣。

　　_____

3. 丈夫已死的婦人稱為寡婦。

　　_____

4. 開口多的人通常行動得少。

　　_____

Lektion 16 第十六課
被動語態

MP3-33

a. 本動詞　　Er wird Arzt.　　　　他成為醫生。

b. 未　來　Er wird bald kommen.　他快來了。

c. 被　動　Er wird von mir gelobt. 他博得我的讚美。

79 werden 的三種用法

　　上例皆以 werden 為定動詞。a. 中的 werden 是帶有「成為⋯」意味的本動詞，b. 中的 werden 則是和不定詞連用而構成一未來時態。此二用法已在前面敘述過，但 werden 還有一重要的用法，如 c.例，和過去分詞連用而形成被動語態。

80 由主動語態到被動語態

　　主動語態中的（四格）受詞在被動語態中則變成主詞（一格）。主動語態的主詞是以 von（英 *by*）加三格來表示。

主動　Der Lehrer lobt den Schüler. 老師稱讚學生。

被動　Der Schüler wird von dem Lehrer gelobt. 學生博得老師的稱讚。

81 不及物動詞的被動語態

主動語態的動詞為不及物動詞時，由於缺少足可成為被動語態的主詞，所以用無意義的 es 作為虛主詞，若是句首沒有 es 則是被省略了。

| 主動 | *Man* tanzt im Saal. | 人們在大廳上舉行舞會。 |
| 被動 | Es wird im Saal getanzt.
Im Saal wird getanzt. | 大廳上正舉行舞會。 |

> **註** 主動語態的主詞為 man 時，其被動語態不用 von 加三格的形式。主詞 man 由 es 來代替。

82 被動語態的時態

被動和主動語態皆有六個時態。

例字

loben 稱讚　　被動不定詞 gelobt werden 被稱讚

現　　在	ich werde……gelobt	我被稱讚
過　　去	ich wurde……gelobt	我曾被稱讚
未　　來	ich werde……gelobt werden	我將被稱讚
現在完成	ich bin……gelobt worden	我已被稱讚
過去完成	ich war……gelobt worden	我過去已被稱讚
未來完成	ich werde……gelobt worden sein	我將受到稱讚

表完成的助動詞是 sein。werden 作「成為…」解釋時，其過去分詞雖是 geworden，但 werden 作被動語態的過去分詞時，並非附上 ge- 之形式，而是以 worden 來表示。

83 表示狀態的被動語態

若以 sein 代替 werden 時，則表示動作進行後的一種狀態，稱之為狀態被動；而以 werden 來表示者，則稱之為行動被動。

動作被動　Die Tür wird geöffnet.　　門被打開。
狀態被動　Die Tür ist geöffnet.　　門是開的。

84 現在分詞

在不定詞後附上-d 構成此一形式。

schlafend（＜schlafen 睡眠）　　denkend（＜denken 思考）
reisend（＜reisen 旅行）　　lächelnd（＜lächeln 微笑）
例外 seiend（＜sein 是，乃）　　tuend（＜tun 做）

現在分詞可當含有「正在…」、「做…」之意的形容詞及含有「一面…一面…」之意的副詞來使用。

das schlafende Kind　　睡覺中的孩子

der Reisende　　旅行者（名詞化）

Der Mensch ist ein denkendes Schilf.（*Pascal*）
人是會思考的蘆葦。（巴斯噶）

Das Mädchen nickte lächelnd.
姑娘微笑著點頭。

德語中沒有相當於英文的 be+ing 之形式，已在 4 （第24頁）中提及。例如「孩子正在睡覺」不以 Das Kind ist schlafend 來表示，而是表以 Das Kind schläft。和 sein 結合而能作為述語來使用的現在分詞，僅限於完全形容詞化的場合。如下所示者即是。

Das Mädchen ist reizend. 這姑娘天生麗質。

85 過去分詞

　　過去分詞除了可以形成完成式和被動語態外，還可當成形容詞來使用。不及物動詞（僅限於 sein 支配者）的過去分詞含有主動意味，而及物動詞的過去分詞則含有被動意味。

das gestorbene Kind　死去的孩子（＜不及物動詞 sterben 死亡）

das verbotene Spiel　被禁止的遊戲（＜及物動詞 verbieten 禁止）

MP3-34

單字

Amerika, *n.* -s	美洲	entdecken	發現
Schallplatte, *f.* -n	唱片	Geschäft, *n.* -[e]s, -e	商店
schließen*	關閉	Feuerwehrmann, *m.* -s, ¨er	消防隊員
springen*	跳躍	retten	拯救
schreien*	喊叫，哀號	erzählen	敘述
quälen	虐待，使痛苦	ordnen	整理
Russe *m.* -n, -n	俄國人	schießen*	發射
Rakete, *f.* -n	火箭	ein-laden*	邀請

練習 16. A　　請將下列各句譯成中文。

1. Amerika wurde 1492 (vierzehnhundertzweiundneunzig) von Kolumbus entdeckt.

_____

2. Das Feuer wird nicht immer durch[1] Wasser gelöscht.

_____

3. Schallplatten werden gespielt, und es wird getanzt und gesungen.

_____

4. Am Sonntag sind in Deutschland die Geschäfte geschlossen.

_____

5. Ein Feuerwehrmann sprang in das brennende Haus hinein[2] und rettete das schreiende Kind.

_____

6. Es wird erzählt, daβ Sokrates von seiner Frau Xantippe Tag und Nacht gequält wurde.

_____

註　 1. durch: 當我們不表「由於…、依靠…」之意而只表示一種手段或原因時，則以 durch 加四格來代替 von 加三格的形式。
　　 2. hinein: 是個補充介系詞 in 之意的副詞。也可以將其視為分離動詞 hineinspringen。

練習 16. B　　請將下列各句譯成德文，並分別以現在，過去及現在完成式的被動語態表達。

1. Der Sohn ordnet die Briefe.

_____

_____

_____

2. Die Russen schieβen eine Rakete zum Mond.

_____

_____

_____

3. Der Professor lädt dich zum Tee ein.

_____

_____

_____

4. Die Feuerwehrmänner retten die schreienden Kinder.

_____

_____

_____

5. Er antwortet mir nicht.

_____

_____

_____

_____

_____

6. Am Sonntag arbeitet man nicht.

_____

_____

_____

_____

Lektion 17 第十七課
zu 不定詞片語、命令句

 MP3-35

- a. Ich will Deutsch lernen.   我想學德語。
- b. Ich empfehle Ihnen, Deutsch zu lernen.   我建議您學德語。

86 不定詞片語和 zu 不定詞片語

如上例 a. 中的 will 是敘述法的助動詞，所以它必須和不定詞連用，此點已在前面提及。在此種情況下不定詞 lernen 須附加上受詞 Deutsch 而構成不定詞片語，它不是照英文的形式表成 lernen Deutsch，而是以 Deutsch lernen 的形式來表達。又，不定詞片語含有「所做的…事」的名詞意味。

其次例 b. 中，在 lernen 的前面附有 zu（英 to）。a. 例的定動詞 will 由於是個助動詞所以不須加 zu，但是 b. 例中的定動詞 empfehle「建議」因為不是助動詞，所以它與其他動詞結合時須附上 zu，此種帶有 zu 的不定詞片語稱為 zu 不定詞片語。它是以 Deutsch zu lernen 的形式來表達，而不是表成 zu lernen Deutsch 的形式，務必注意。

♫ 87 在 zu 不定詞片語中應注意之點

　　zu 不定詞片語絕對不可加入主詞。例如 ich Deutsch zu lernen 便是錯誤的表達形式。想加入主詞時，不妨表成如下的 daß 之副句。

　　daß ich Deutsch lerne　我學德語

此外，zu 是置於第一音節和動詞本體之間。

　　früh aufzustehen　早起

若想以 zu 不定詞片語表達「曾想做的…事」之意時，則用表完成的 zu 不定詞片語作如下的表示。

　　Deutsch gelernt zu haben　學了德語

　　früh aufgestanden zu sein　一早起了床

88 zu 不定詞片語的基本用法

由於 zu 不定詞片語含有「所做的⋯事」之名詞意味，故能當作主詞使用。

Deutsch zu lernen [, das] ist nicht schwer. 　　　　學德語並非難事。

括弧內的 das 也可以不用。當代理主詞 es 置於句首時，也可以將 zu 不定詞句後置。

Es ist nicht schwer, Deutsch zu lernen.

zu 不定詞片語也可作受詞使用。

Mein Vater befiehlt mir, Deutsch zu lernen. 　　　　家父命我學德語。

zu 不定詞片語也可用來支配其名詞。

Haben Sie *Lust*, Deutsch zu lernen? 　　　　您有興趣學德語嗎？

 Lust:「興趣」、「想做⋯之心意」。

Lust, Deutsch zu lernen 可以把不定詞片語 zu lernen 視為二格受詞而解釋為「學德語的興趣」，也可以將其解釋為「有興緻去學德語」。

89 um, ohne, [an]statt 和 zu 不定詞片語

um+zu 不定詞　　　為了…

ohne+zu 不定詞　　不…

[an]statt+zu 不定詞　代替…

Er geht nach Deutschland, um Medizin zu studieren.
他去德國學醫。

Ich will Deutsch lernen, ohne in die Schule zu gehen.
我想學德語，但不到學校去學。

Er schickte seinen Sohn zu mir, [an] statt selbst zu kommen.
他把兒子送到我這兒來，自己卻沒來。

90 sein+zu 不定詞 [片語]

　sein + zu 不定詞 [片語] 有「能被…」，「非被…不可、必須被…」兩種意義，其取捨則視句中的前後意思來決定。

Das Ziel ist zu erreichen. { 這目標可以被達成。
這目標非被達成不可。

　此外，sein + zu 不定詞 [片語] 變成一附加語時，則採用 zu + 現在分詞之形式。

das zu erreichende Ziel　可以達成的目標

91 命令句

尊稱第二人稱 Sie 的命令句表達法已在 12 (第34頁) 中提及，在此將敍述暱稱第二人稱 du 和 ihr 的命令形式。

原則上 du 的命令形式是在不定詞的語幹加上 -e 的字尾；ihr 則是加上 -t（或是 -et）的字尾。

不定詞	對 du	對 ihr
- [e]n	-e!	- [e]t!
schlafen　睡眠	schlafe!	schlaft!
arbeiten　工作	arbeite!	arbeitet!
wandern　徒步旅行	wand[e]re!	wandert!

> 註 du 的字尾 -e 經常被省略，例如 schlaf! komm!

du, er 的現在式是將 e 改變為 i[e] 的 i[e] 型動詞 14 (第39頁)，而 du 的命令形式亦是將語幹母音改變成 i[e]，並且語尾不加 -e 之形式。

sprechen　說話 (du *sprichst*)　sprich!　sprecht!

lesen　　閱讀 (du *liest*)　lies!　lest!

sein 的命令形式表達如下：

sein　是，乃　　　sei!　　　seid!

MP3-36

單 字

bequem	舒適的	erlauben	允許
Recht, *n.* -[e]s, -e	權利	Regierung, *f.* -en	政府
wählen	選擇	bereuen	後悔，悔恨
verkaufen	出售	kennen-lernen	認識
einige	若干		

練習 17. A　　請將下列各句譯成中文。

1. Es ist nicht bequem, mit einem schweren Koffer zu reisen.

_____

2. Mein Vater erlaubt mir nicht, im Fluß zu baden.

_____

3. Wir haben das Recht, unsere Regierung selbst zu wählen.

_____

4. Ich bereue nicht, diese Kamera gekauft zu haben.

_____

5. Er hat sich entschlossen, sein Haus zu verkaufen.

_____

6. Ich freue mich sehr, Sie kennenzulernen.

_____

7. Einige Briefe sind noch zu schreiben.

_____

8. Viele Frauen gehen ins Theater, nicht um zu sehen, sondern um gesehen zu werden.

_____

9. Übersetze den Text, ohne das Wörterbuch zu benutzen!

_____

10. Dieses Wort ist in meinem Wörterbuch nicht zu finden.

_____

■ **練習 17. ß**　　請將下列各句譯成德文。

1. 在這條河流裏洗澡是很危險的事。

_____

_____

2. 醫生建議我每天早晨散步。

_____

_____

3. 這個病人必須立刻動手術。

_____

_____

4. 過來幫助母親！

_____

_____

Lektion 18 第十八課
虛擬法的形態

- 直說法　　er kommt　　　　　他來
- 命令法　　komm!　　　　　　過來！
- 虛擬法　　er komme (käme)　（若是）他來

92 何謂虛擬法

　　er kommt「他來」是描述事實的平述法；Komm!「過來!」則表示對第二人稱的命令法，此外還有第三種，即虛擬法。虛擬法不用來敘述某種事實，而僅為表達出「可能存在的事情」，「被假定的事情」，故亦屬定動詞的形式之一。它從不定詞造成虛擬法一式，從過去（基本）式造成虛擬法二式。詳細的區別容後再敘，在此先概觀它的用法。虛擬法大體可分為間接敘述法、祈使法、假設法三種。

間接敘述法	第 I 式 （第 II 式）	Er sagt, er sei (wäre) krank. 他說他病了。
祈使法	第 I 式	Lang lebe der König! 國王萬歲!
假設法	第 II 式	Wenn ich ein Vogel wäre, so flöge ich zu dir. 如果我是隻小鳥，我就飛到你身邊。

　　間接敘述法的 er sei (wäre) krank 應接於主句 Er sagt 之後，但是祈使句 Lang lebe der König! 卻可以接在祈求句 Ich wünsche 之後。同樣的，假設法的 Wenn ich ein Vogel wäre「如果我是一隻鳥」亦可接於 nehme ich an「我假定…」之後。

93 虛擬法第一式的構成方法

在不定詞的語幹附上如下表的語尾而形成。

ich	—e	wir	—en
du	—est	ihr	—et
er	—e ◁	sie	—en

它雖和平述法的現在式非常相似，但在 er (sie, es) 之處不附 -t 而附上 -e 的字尾，此乃其特點。將其變化列成下表，其中 sein 為例外。

				例外
不定詞：	lieben	haben	sprechen	sein
	愛	持有，有	說話	是，存在
ich	liebe	habe	spreche	sei
du	liebest	habest	sprechest	sei[e]st
er	liebe	habe	spreche	sei
wir	lieben	haben	sprechen	seien
ihr	liebet	habet	sprechet	seiet
sie	lieben	haben	sprechen	seien

94 虛擬法第二式的構成方法

(1) 三種基本形的規則動詞（弱變化動詞）第二式和平述法的過去式完全相同。

(2) 在基本上，當三種基本形態的不規則動詞 （強變化動詞，混合變化動詞）若是
具有可變音的母音語幹，則將其過去基本形式的母音變音，並在沒有 -e 語尾者
附上 -e 的形式，即構成虛擬法二式。例如: sein「有」的過去基本形是 war，將
其變音形成 wär，再於末尾附上 -e 即是虛擬法二式 wäre。將 wissen「知道」的
過去基本形 wuβte 變音，即成虛擬法二式 wüβte。其字尾人稱變化與第一式
同。

不定詞：	wohnen（弱）	sein（強）	gehen（強）	wissen（混合）
	居住	是，乃	行走，去	知道
過去基本式	wohnte	war	ging	wuβte
第 II 式基本式	wohnte	wäre	ginge	wüβte
ich	wohnte	wäre	ginge	wüβte
du	wohntest	wärest	gingest	wüβtest
er	wohnte	wäre	ginge	wüβte
wir	wohnten	wären	gingen	wüβten
ihr	wohntet	wäret	ginget	wüβtet
sie	wohnten	wären	gingen	wüβten

　　第一式和第二式之間皆無時態上的分別，二者都是以現在式來表示。虛擬法
雖也有時態，但與此用法無關，所以留待後面個別敘述時再作分析。

Lektion 19 第十九課
間接敘述法

 **MP3-38**

Er sagt, er liebe seine Kinder, aber sie liebten ihn nicht.
他說他愛他的兒女，但是他們不愛他。

95 直接敘述法和間接敘述法

　　將別人所說的話全部引用的情形，稱為直接敘述法，以 " " 符號來表示。以自己的立場來敘述別人所說的話，則稱為間接敘述法。在此種情況下，由於別人所說的話，是否為一事實，引用者很難加以判斷，所以應避免用敘述事實的語氣，而應採用虛擬法來敘述。

96 第一式及第二式的應用場合

⑴ **間接敘述法以使用虛擬法第一式為原則。**

直接敘述法	Er sagte: " Ich liebe meine Kinder." 他說：「我愛我的子女。」
間接敘述法	Er sagte, er liebe seine Kinder. 他說他愛他的子女。

　　將直接敘述法改為間接敘述法時，必須把冒號改成逗號，並將 " " 符號去掉。必要時也得將人稱代名詞和所有形容詞以引用者的立場來表達。如上例中的 ich 要改成 er, meine 要改成 seine。

⑵ **當其第一式和直接敘述法同形時，則採用第二式。**

直接敘述法	Er sagte: "Meine Kinder lieben mich nicht." 他說：「我的子女不愛我。」
間接敘述法	Er sagte, seine Kinder liebten ihn nicht. 他說他的子女不愛他。

　　虛擬法應造得易於識別，才能充分發揮其表達「非事實」的功能。如果變化動詞的虛擬一式與平述法現在式同形，則改用二式。例如上例將 lieben 改成了二式 liebten。至於一般不規則變化動詞，其虛擬用法和平述用法雖然很容易區別，但我們往往捨一式而採用二式，因為虛擬二式帶有緩和、委婉甚至較圓滑的語氣。（見 105 _(第159頁)）

Er sagt, er { sei / wäre } erkältet und { habe / hätte } Kopfschmerzen.

他說他著涼了而且頭痛。

🎵 97 間接問句

直接問句中的疑問詞在改成間接問句時，仍將其保留，但定動詞必須後置。

直接疑問句	Sie fragte ihn: "Wo wohnen Sie jetzt?" 她問他：「您現在住哪裡？」
間接疑問句	Sie fragte ihn, wo er jetzt wohne. 她問他現在住在哪裡。

　　直接問句中若無疑問詞，則代之以 ob。由於 ob 是從屬連接詞，所以定動詞必須後置。

直接疑問句	Sie fragte ihn: "Haben Sie Kinder?" 她問他：「您有兒女嗎?」
間接疑問句	Sie fragte ihn, ob er Kinder habe. 她問他是否有兒女。

98 間接命令句

表示強烈的命令時，以敘述法的助動詞 sollen「應…」之處擬式來作為定動詞。

直接命令句	Er sagte zu ihr: "Schweig!" 他對她說：「肅靜！」
間接命令句	Er sagte ihr, sie solle schweigen. 他對她說，她應該保持安靜。

註 在直接敘述法中的 Er sagte *zu* ihr 等之 zu，在間接敘述法中常被省略。

若表示客氣的請求，則以 mögen 之虛擬式作為定動詞。

直接命令句	Sie sagte zu ihm: "Bitte nehmen Sie Platz!" 她對他說：「您請坐!」
間接命令句	Sie sagte ihm, er möge Platz nehmen. 她對他說，他儘可坐下。（敦促他坐下。）

♫ **99** 間接敘述法的時態

　　直接敘述法的過去式、現在完成式、過去完成式在改為間接敘述法時，皆以虛擬法的過去式來表達。

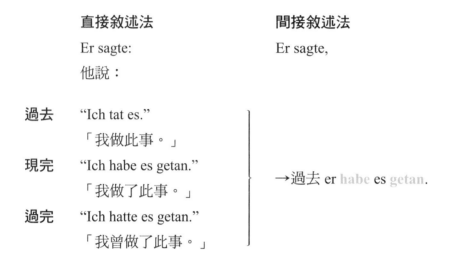

直接敘述法　　　　　　　　　**間接敘述法**

Er sagte:　　　　　　　　　　　Er sagte,

他說：

過去	"Ich tat es."	
	「我做此事。」	
現完	"Ich habe es getan."	→過去 er habe es getan.
	「我做了此事。」	
過完	"Ich hatte es getan."	
	「我曾做了此事。」	

　　未來式和未來完成式，只要將未來助動詞 werden 改成虛擬法即可。

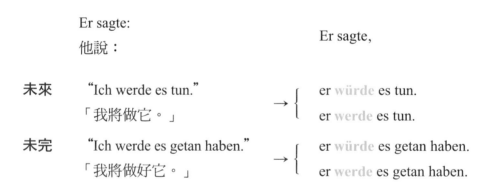

Er sagte:

他說：　　　　　　　　　　　　Er sagte,

未來	"Ich werde es tun."	→	er würde es tun.
	「我將做它。」		er werde es tun.
未完	"Ich werde es getan haben."	→	er würde es getan haben.
	「我將做好它。」		er werde es getan haben.

　　此外，和英文不同之處便是 Er sagte 的敘事部份和引用句之間，其時態並無一致性，即敘事部份的 Er sagt 是「他說」的現在時態；Er sagte 是「他曾說」的過去時態，這些大體上對於引用句的時態並無影響。

MP3-39

單 字

brauchen	需要，應用	Glauben, *m.* -s, -	信仰
nennen*	稱為，名叫	Atheismus, *m.* -	無神論
nötig haben*	必要的	weiter	繼續
nachdem	在…之後	Ausländer, *m.* -s, -	外國人
Museum, *n.* -s, Museen	博物館		

練習 19. A　　請將下列各句譯成中文。

1. Er schrieb mir, er komme bald, aber seine Eltern könnten nicht mitkommen.

_____

2. Mein Mann glaubt, er selbst brauche Geld, aber ich brauchte kein Geld.

_____

3. Den Glauben, es gäbe keinen Gott[1], nennt man Atheismus.

_____

4. Diogenes glaubte, der Mensch sei um so glücklicher, je weniger er nötig habe, um zu leben.

_____

> **註** es gäbe keinen Gott: 此句是表達 den Glauben「信仰」的內容的間接敘述法。

練習 19. B 請將下列各句譯成中文，並改成間接敘述法。

1. Der Arzt sagte zu mir: "Sie sind gar nicht krank."

   _____

   _____

2. Die Studenten sagen: "Wir wanderten weiter, nachdem wir in der Jugendherberge übernachtet hatten."

   _____

   _____

3. Die Mutter sagt zu ihrem Sohn: "Sei fleißiger, sonst wirst du im Examen durchfallen."

   _____

   _____

4. Sie schrieb mir: "Besuchen Sie mich bitte einmal!"

   _____

   _____

5. Der Ausländer fragte mich: "Gibt es in dieser Stadt ein Museum?"

   _____

   _____

Lektion 20 第二十課
祈使法和假設法

 **MP3-40**

- Der Mensch sei sich selbst treu! 人應該忠於自己。
- Wenn ich doch ein Kind hätte! 但願我有個小孩！

100 祈使法

第三人稱沒有命令形式，所以用虛擬法第一式來表祈求之意。主要用於單數形中。

Jeder tue seine Pflicht! 各盡義務！

Der Mensch versuche die Götter nicht! (*Schiller*) 人不能試探神！（席勒）

上面的例句，時下已不使用，今人多以敘述法助動詞 sollen 的平述法來表達。

Jeder soll seine Pflicht tun. 人應各盡義務。

同樣的，在祈使法中表祈願或要求也改用 mögen 的虛擬法第一式（相當於英文的 *may*）來表達。

Gott segne den König!

Gott möge den König segnen! 上帝祝福國王！

關於 wir 和 Sie 的命令形式，在前面 **12** (第34頁) 已大致提及，但事實上，這也是種採用虛擬法第一式的祈使法。

Gehen wir ins Kino! 我們看電影去吧！

Seien Sie ehrlich! 您可要正直啊！

🎵 101 假設法

非事實的假設和它的結論是構成此一語態的兩大主幹，由前提部「假定…的話」和結論部「就將…」形成。二者的定動詞皆以虛擬法第二式來表達。

Wenn ich Flügel hätte, flöge ich zu dir.　　如果我長翅膀，我就飛到你身邊。

前提部有時也可不用 wenn，而以 Hätte ich Flügel 的形式，即倒置其定動詞來表達。

結論部則經常使用助動詞 würde（werden 的第二式，相當於英文的 *would*）。此時本動詞變成不定詞而置於句尾。前提部和結論部的組合有下列幾種可能。

Wenn ich Flügel hätte, flöge ich zu dir.
Hätte ich Flügel, würde ich zu dir fliegen.

🎵 102 與過去事實相反的假設法

前項所敘述者皆為與現在事實相反的假設法。與過去事實相反的假設法「那時若是…的話，便會…」則使用虛擬法第二式的過去形式，由於此形式是 hätte 或 wäre + 過去分詞，所以也可以將其視為完成的虛擬法第二式。

Wenn ich Flügel gehabt hätte, wäre ich zu dir geflogen.
如果我長了翅膀，我就飛到你身邊。

> **註** fliegen 是表場所移動的不及物動詞，它是由 sein 來支配，所以不用 hätte 而用 wäre。

此種情況的前提部，也可以倒置定動詞以代替 wenn，結論部則用 würde+完成不定詞。

Hätte ich Flügel gehabt, würde ich zu dir geflogen sein.

103 前提部的獨立用法

假設法的前提部和結論部不一定得同時使用。前提部也可單獨使用，但這必須在表達非事實的願望和不可能達成的希望時方可採用此種形式。

Hätte ich *doch* Flügel! 　　　　　但願我有飛翅！

Wenn sie *nur* an mein Herz zurückkäme!　但願她能回我懷抱！

例句中的 doch 和 nur 常用為表祈求或願望的副詞。

104 結論部的獨立用法

根據情況的不同，前提部可不以副句的形式出現，僅以簡單句來表示。

An deiner Stelle hätte ich anders gehandelt.
站在您的立場我就不會這麼做。

上例的 an deiner Stelle 可視為 Wenn ich an deiner Stelle gewesen wäre 的簡縮。甚至可以更簡潔地將前提部完全省略而作如下的表達，即重讀 ich，則與前文的意思幾乎沒有兩樣。

Ich hätte anders gehandelt.　我的做法當不如此。

此種情況可視為前提部的省略，也可視為前提部在此時是被概括在 ich 之中，我們不妨再看下面的例子。

Beinahe		
Um ein Haar	hätte ich das Kind überfahren.	我險些輾過這小孩。
Fast		

beinahe「幾乎、差不多」，um ein Haar「千鈞一髮」，fast「差不多」，此三者皆有「差一點、險些兒」之意。在上例中它們也可以被視為「再遲一步煞車的話就…」此種非事實假設的簡略用法。

105 交際虛擬法

在會話中有些話用平述法表達會顯得唐突或不客氣，這時我們可用虛擬二式來緩和語氣。虛擬二式的使用可以使原來的句子變得婉轉、客氣或更謙虛。此種用法稱為交際虛擬法。

Es **wäre** Zeit, schlafen zu gehen.   這是就寢的時刻了。

Könnten
Würden } Sie mir bitte Feuer geben?   我可以借個火嗎？

Ich **möchte** [gern] Herrn Müller sprechen.   我想見米勒先生。

Möchten Sie noch eine Tasse Kaffee [trinken]?   你想喝杯咖啡嗎？

106 als ob 和虛擬法

als ob 和虛擬法第二式同時使用的形式與 als ob 單獨使用時一樣均含有「好像…、宛如…」之意。若省略 ob 則定動詞須倒置。

Er spricht Deutsch,   { *als ob* er Deutscher **wäre**.
                              { *als* **wäre** er Deutscher.

他說起德語，就好像他是德國人。

> **註** 有時也以第一式來代替第二式使用。

MP3-41

Glück, *n.* -[e]s	幸福	Sünde, *f.* -n	（道德上、宗教上的）罪
werfen*	投，擲	Stein, *m.* -[e]s, -e	石子
Bibel, *f.* -n	聖經	nett	親切的
Entdeckung, *f.* -en	發現	ander	其他的
gelingen*	成功	machen	做
ewig	永恆的	kompliziert	複雜的
ratsam	值得推介的		

練習 20. A 請將下列各句譯成中文。

1. Das Glück suche man in sich selbst!

_____

2. Wer unter euch ohne Sünde ist, der werfe den ersten Stein auf sie! (*Bibel*)

_____

3. Meine Schwester sagt immer: "Wenn ich ein Mann wäre, dann würde ich ein nettes Mädchen wie mich heiraten."

_____

4. Wenn Kolumbus Amerika nicht entdeckt hätte, so wäre die Entdeckung einem andern Kolumbus gelungen[1].

_____

5. Ohne dich könnte ich nicht mehr leben.

_____

6. Hätte ich diesen Fehler doch nicht gemacht!

_____

7. Lebe, als ob du ewig lebtest! Lebe, als ob du morgen sterben müßtest! (*Gandhi*)

_____

8. Wenn die deutsche Grammatik nur nicht so kompliziert wäre!

_____

9. Würden Sie mich bitte Ihrem Vater vorstellen?

_____

10. Ich dächte, das wäre nicht ratsam.

_____

> 註 gelingen 是以三格來表示人稱。

▌練習 20. ß 請將下列各句譯成德文。

1. 知道答案的人舉手！

_____

2. 如果我有錢，我就買一部汽車。

_____

3. 如果我知道此事，我就告訴你。

_____

4. 他做得就像他無所不知一樣。

_____

Anhang 1

數　詞

 **MP3-42**

107 基數

0	null
1	eins
2	zwei
3	drei
4	vier
5	fünf
6	sechs
7	sieben
8	acht
9	neun
10	zehn
11	elf
12	zwölf
13	dreizehn
14	vierzehn
15	fünfzehn
16	sechzehn
17	siebzehn
18	achtzehn
19	neunzehn

> **註** 14 (vierzehn) 的 vier 是短促地發音成 [fiə]。
>
> 16 (sechzehn) 的前半部是 sech 而不是 sechs。
>
> 18 (achtzehn) 的 t 不發音，而將整個字讀成 [axzen]。
>
> 以上的諸要點亦適用於次頁的 40、60、80 中。

20   zwanzig

21   einundzwanzig

22   zweiundzwanzig

⋮

30   dreißig

⋮

32   zweiunddreißig

33   dreiunddreißig

⋮

40   vierzig

⋮

44   vierundvierzig

45   fünfundvierzig

⋮

50   fünfzig

⋮

56   sechsundfünfzig

57   siebenundfünfzig

⋮

60   sechzig

⋮

68   achtundsechzig

69   neunundsechzig

⋮

70   siebzig

80   achtzig

90   neunzig

註　兩位數如 21 和 32 的讀法是先讀後面位數再讀前面位數。

30 的語尾是 -βig 而不是 -zig。

100	[ein]hundert
101	[ein]hundertundeins
123	[ein]hundertdreiundzwanzig
200	zweihundert
300	dreihundert
400	vierhundert
1000	[ein]tausend
1973	[ein]tausendneunhundertdreiundsiebzig
	年號則為 neunzehnhundertdreiundsiebzig
2345	zweitausenddreihundertfünfundvierzig
10000	zehntausend
100000	hunderttausend
1000000	eine Million
2345678,91	zwei Millionen dreihundertfünfundvierzigtausend
	sechshundertachtundsiebzig Komma neun eins

註 5 位數時則以每三位數為一間隔，但其間不打逗號，逗號是以小數點來表示。

108 序數

我們將「第一」「第二」「第三」等表示順序的數詞稱為序數,其寫法即在每一數字後打點,如 1. 2. 3. 等。表序數的原則是 19 以下者,皆在基數後附加 t;20 以上者,則在基數後附加 st。(藍色粗體字部份則例外)

第 1.	erst	第 11.	elft
第 2.	zweit	第 12.	zwölft
第 3.	dritt	第 13.	dreizehnt
第 4.	viert	第 14.	vierzehnt
第 5.	fünft	第 20.	zwanzigst
第 6.	sechst	第 21.	einundzwanzigst
第 7.	sieb[en]t	第 32.	zweiunddreißigst
第 8.	acht	第 100.	hundertst
第 9.	neunt	第 101.	hundertunderst
第 10.	zehnt	第 1000.	tausendst

序數在作為附加語使用時,則和形容詞有相同的語尾變化。

mein erster Sohn 我的長子

die zweite Tochter 次女

das 20. (zwanzigste) Jahrhundert 二十世紀

den 27. (siebenundzwanzigsten) April 1973 (neunzehnhundertdreiundsiebzig)
一九七三年四月二十七日

Ich bin am 5. (fünften) August 1954 (neunzehnhundertvierundfünfzig) geboren.
我出生於一九五四年八月五日。

> 註 「表日期的 den 27. 和 am 5. 等,若其後有 Tag, m. 表「日」的名詞時,則語尾要變化。

109 時刻

一時 { eins
ein Uhr

二時十五分 { Viertel drei
[ein] Viertel nach zwei
zwei Uhr fünfzehn [Minuten]

三時三十分 { halb vier
drei Uhr dreißig [Minuten]

四時四十五分 { vier Uhr fünfundvierzig [Minuten]
[ein] Viertel vor fünf

五時十二分 { fünf Uhr zwölf [Minuten]
zwölf Minuten nach fünf

主要強變化・混合變化動詞

 MP3-43

不定詞	直說法現在	過去基本式	虛擬法 第II式	過去分詞
backen 烘焙， 烤(麵包)	du bäckst du backst er bäckt er backt	buk backte		gebacken
befehlen 命令	du befiehlst er befiehlt	befahl	beföhle	befohlen
beginnen 開始		begann	begönne	begonnen
beißen 咬		biß	bisse	gebissen
biegen 彎曲		bog		gebogen
bieten 奉獻，提供		bot		geboten
binden 聯結，縛		band		gebunden
bitten 請求		bat		gebeten
blasen 吹，颳	du bläst er bläst	blies		geblasen
bleiben 停留，保持		blieb		geblieben

167

不定詞	直說法現在	過去基本式	虛擬法第Ⅱ式	過去分詞
braten 烤 (肉類)	du brätst er brät	briet		gebraten
brechen 打破	du brichst er bricht	brach		gebrochen
brennen 燃燒		brannte	brennte	gebrannt
bringen 攜帶		brachte		gebracht
denken 思考		dachte		gedacht
dringen 擁擠，侵入		drang		gedrungen
dürfen 允許	ich darf du darfst er darf	durfte		gedurft
empfehlen 推薦	du empfiehlst er empfiehlt	empfahl	empföhle	empfohlen
essen 食，吃	du iβt er iβt	aβ		gegessen
fahren 行駛，搭乘	du fährst er fährt	fuhr		gefahren
fallen 掉落	du fällst er fällt	fiel		gefallen
fangen 捕捉	du fängst er fängt	fing		gefangen
finden 發現		fand		gefunden

不定詞	直說法現在	過去基本式	虛擬法 第 II 式	過去分詞
fliegen 飛行		flog		geflogen
fließen 流		floβ		geflossen
frieren 冰凍		fror		gefroren
gebären 出生	du gebierst sie gebiert	gebar		geboren
geben 給予	du gibst er gibt	gab		gegeben
gehen 行走		ging		gegangen
gelingen 成功		gelang		gelungen
gelten 行得通，值	du giltst er gilt	galt	gölte (gälte)	gegolten
genesen 痊癒，復元		genas		genesen
genießen 享受		genoβ		genossen
geschehen 發生	es geschieht	geschah		geschehen
gewinnen 贏得，獲得		gewann	gewönne (gewänne)	gewonnen
gießen 注入		goβ		gegossen

不定詞	直說法現在	過去基本式	虛擬法 第 II 式	過去分詞
gleiten 滑行		glitt gleitete		geglitten gegleitet
graben 掘	du gräbst er gräbt	grub		gegraben
greifen 握住，執		griff		gegriffen
haben 有，具有	du hast er hat	hatte		gehabt
halten 保持，止住	du hältst er hält	hielt		gehalten
hängen 掛		hing		gehangen
heben 舉高		hob		gehoben
heißen 稱為，名叫 …		hieß		geheißen
helfen 幫助	du hilfst er hilft	half	hülfe	geholfen
kennen 認識		kannte	kennte	gekannt
klingen 發出聲響		klang		geklungen
kommen 來		kam		gekommen
können 能夠	ich kann du kannst er kann	konnte		gekonnt

不定詞	直說法現在	過去基本式	虛擬法 第 II 式	過去分詞
kriechen 爬行		kroch		gekrochen
laden 負荷	du lädst er lädt	lud		geladen
lassen 使…，讓…	du läßt er läßt	ließ		gelassen
laufen 跑	du läufst er läuft	lief		gelaufen
leiden 罹病，受苦		litt		gelitten
leihen 出借		lieh		geliehen
lesen 閱讀	du liest er liest	las		gelesen
liegen 躺臥		lag		gelegen
lügen 說謊		log		gelogen
meiden 迴避		mied		gemieden
messen 測量	du mißt er mißt	maß		gemessen
mögen 喜好	ich mag du magst er mag	mochte		gemocht

不定詞	直說法現在	過去基本式	虛擬法 第 II 式	過去分詞
müssen 必須	ich muβ du muβt er muβ	muβte		gemuβt
nehmen 取，用	du nimmst er nimmt	nahm		genommen
nennen 名為，稱做		nannte	nennte	genannt
pfeifen 吹簫，鳴嘯		pfiff		gepfiffen
raten 勸告，忠告	du rätst er rät	riet		geraten
reiβen 撕裂		riβ		gerissen
reiten 騎		ritt		geritten
rennen 跑，疾行		rannte	rennte	gerannt
riechen 嗅，發出氣味		roch		gerochen
rufen 喊，呼叫		rief		gerufen
schaffen 創造		schuf		geschaffen
scheinen 照射，似乎		schien		geschienen
schelten 斥責，譴責	du schiltst er schilt	schalt	schölte	gescholten

不定詞	直說法現在	過去基本式	虛擬法 第 II 式	過去分詞
schieben 推動，遷延		schob		geschoben
schießen 射		schoß		geschossen
schlafen 睡眠	du schläfst er schläft	schlief		geschlafen
schlagen 打擊	du schlägst er schlägt	schlug		geschlagen
schleichen 匍匐，蠕行		schlich		geschlichen
schließen 締結，連接		schloß		geschlossen
schneiden 剪，裁		schnitt		geschnitten
schrecken 驚駭	du schrickst er schrickt	schrak		geschrocken
schreiben 書寫		schrieb		geschrieben
schreien 喊叫		schrie		geschrie[e]n
schreiten 跨步，從事		schritt		geschritten
schweigen 沉默		schwieg		geschwiegen
schwimmen 游泳		schwamm	schwömme (schwämme)	geschwommen

不定詞	直說法現在	過去基本式	虛擬法 第II式	過去分詞
schwinden 消失		schwand		geschwunden
schwingen 揮動,搖擺		schwang		geschwungen
schwören 發誓		schwur schwor		geschworen
sehen 看見	du siehst er sieht	sah		gesehen
sein 是,存在	ich bin du bist er ist wir sind ihr seid sie sind	war		gewesen
senden 送		sandte sendete	sendete	gesandt gesendet
singen 歌唱		sang		gesungen
sinken 沈沒		sank		gesunken
sitzen 坐		saβ		gesessen
sollen 應該	ich soll du sollst er soll	sollte	sollte	gesollt
sprechen 說話	du sprichst er spricht	sprach		gesprochen

不定詞	直說法現在	過去基本式	虛擬法 第 II 式	過去分詞
springen 跳躍		sprang		gesprungen
stehen 站立		stand	stünde (stände)	gestanden
stehlen 偷取	du stiehlst er stiehlt	stahl	stöhle (stähle)	gestohlen
steigen 攀登，升上		stieg		gestiegen
sterben 死去	du stirbst er stirbt	starb	stürbe	gestorben
stoβen 衝突，撞	du stöβt er stöβt	stieβ		gestoβen
streiten 爭論，爭辯		stritt		gestritten
tragen 負載，帶有	du trägst er trägt	trug		getragen
treffen 擊中，相逢	du triffst er trifft	traf		getroffen
treiben 驅動，掀起		trieb		getrieben
treten 踏步，前行	du trittst er tritt	trat		getreten
trinken 飲		trank		getrunken
trügen 欺騙		trog		getrogen

不定詞	直說法現在	過去基本式	虛擬法 第 II 式	過去分詞
tun 做，行	ich tue du tust er tut	tat		getan
verderben 毀滅	du verdirbst er verdirbt	verdarb	verdürbe	verdorben
vergessen 忘卻	du vergißt er vergißt	vergaß		vergessen
verlieren 遺失		verlor		verloren
wachsen 成長	du wächst er wächst	wuchs		gewachsen
waschen 洗	du wäschst er wäscht	wusch		gewaschen
weisen 指示		wies		gewiesen
wenden 迴轉，轉向		wandte wendete	wendete	gewandt gewendet
werben 徵求	du wirbst er wirbt	warb	würbe	geworben
werden 成為	du wirst er wird	wurde		geworden
werfen 投擲	du wirfst er wirft	warf	würfe	geworfen
wissen 知道	ich weiß du weißt er weiß	wußte		gewußt

不定詞	直說法現在	過去基本式	虛擬法 第 II 式	過去分詞
wollen 意欲，願	ich will du willst er will	wollte	wollte	gewollt
ziehen 曳，引		zog		gezogen
zwingen 強迫		zwang		gezwungen

解答篇

練習 1. A

1. 這是什麼？—這是一座花園。
2. 這座花園是美麗的。
3. 這是一座教堂。
4. 這座教堂是大的。
5. 這是一幢房子。
6. 這幢房子是小的。
7. 這兒有個男人。
8. 這男人老嗎？—是的，他是老了。
9. 在此有個婦人。
10. 這婦人也老嗎？—不，她不老。
11. 那兒有個小孩。
12. 這小孩大嗎？—不，他還小。

練習 1. ß

1. Was ist das？—Das ist ein Hund.
2. Der Hund ist groß.
3. Die Katze ist ein Tier.
4. Das Leben ist schön.

練習 2. A

ich trinke	wir trinken	ich arbeite	wir arbeiten	ich hand[e]le	wir handeln
du trinkst	ihr trinkt	du arbeitest	ihr arbeitet	du handelst	ihr handelt
er trinkt	sie trinken	er arbeitet	sie arbeiten	er handelt	sie handeln

練習 2. ß

1. 現在您學什麼？—我現在學德文。
2. 你喜歡喝咖啡嗎？—是的，我很喜歡喝咖啡。
3. 米勒先生住在哪裡？—他住在柏林。
4. 你們也住在柏林嗎？—不，我們不住在柏林。
5. 他等待著，但是她沒來。
6. 您喜歡徒步旅行嗎，布朗太太？—是的，我很喜歡徒步旅行。
7. 你說得多做得少，我說得少做得多。
8. 麥耶先生和太太工作得勤快嗎？—是的，他們工作勤快。
9. 您（你）叫什麼名字？—我叫彼得・施密特。
10. 冬去春回。

練習 2. C

1. Er fragt, und sie antwortet.

2. Wo arbeitet Fräulein Schmidt？—Sie arbeitet in Berlin.

3. Ich wechs[e]le hier Geld.

4. Jetzt lernt er Deutsch. Französisch lernt er nicht mehr.

練習 3. A

der Onkel	das Wort	die Tante
des Onkels	des Wort[e]s	der Tante
dem Onkel	dem Wort	der Tante
den Onkel	das Wort	die Tante
dieser Sohn	jene Kirche	welches Lied
dieses Sohn[e]s	jener Kirche	welches Lied[e]s
diesem Sohn	jener Kirche	welchem Lied
diesen Sohn	jene Kirche	welches Lied

練習 3. ß

1. 母親叫兒子，但是兒子沒來。　　2. 伯叔或舅父是父親或母親的兄弟。

3. 這個句子的意義不清楚。　　　　4. 許多學生不了解這個句子。

5. 老師解釋每個字的意義。　　　　6. 您學那一種語言？一我學德語。

7. 每個學生都讚嘆那座教堂。　　　8. 我們齊唱這首歌吧！

9. 有許多孩子聽從父親，而不聽從母親。

10. 您從一數到十二！一、二、三、四、五、六、七、八、九、十、十一、十二。

練習 3. C

1. Die Tante schenkt der Mutter das Buch.

2. Der Vater ruft das Kind, aber das Kind kommt nicht.

3. Jedes Kind liebt diese Tante.

4. Der Vater erzieht den Sohn.

練習 4. A

1. 您疲倦嗎？—不，我只是餓了。
2. 今天是你生日嗎？—不，今天不是，明天才是我生日。
3. 汽車沒有汽油發不動。
4. 她說：「請坐！」，於是客人坐下。
5. 這列車在法蘭克福停多久呢？—我不知道。
6. 父親不講德語，只是閱讀。
7. 他忘了自己在病中。
8. 老師把書給學生。
9. 天氣這麼好，為什麼你待在家裏看書呢？
10. 人一旦吃太多，會生病的。

練習 4. B

1. Er fährt nach Hamburg.   Sie fahren nach Hamburg.
2. Er ist gesund, weil er gut schläft.   Sie sind gesund, weil sie gut schlafen.
3. Er hat Hunger.   Sie haben Hunger.
4. Er weiβ nicht, daβ ich krank bin.   Sie wissen nicht, daβ ich krank bin.

練習 5. A

ein Brief	seine Familie	ihr Haus
eines Briefes	seiner Familie	ihres Hauses
einem Brief	seiner Familie	ihrem Haus
einen Brief	seine Familie	ihr Haus
unser Wagen	euere Tante	kein Geld
unseres Wagens	euerer Tante	keines Geldes
unserem Wagen	euerer Tante	keinem Geld
unseren Wagen	euere Tante	kein Geld

▌練習 5. B

1. 你有一隻狗，我有一隻貓。
2. 這位先生是何人？他是我們老師。
3. 這是誰的車？這是您叔叔的車。
4. 他感謝誰？他感謝他的老師。
5. 你的兄（弟）愛誰呢？他愛他朋友的姐（妹）。
6. 他姐（妹）送給筆友一張全家福。
7. 我的小孩病了。他食慾不振。
8. 你們老師是我們老師的姐（妹）。
9. 他們不喝咖啡，因為咖啡有損他們的健康。
10. 我們女兒收到一封來自德國的信。

▌練習 5. C

1. Mein Sohn schickt seiner Freundin unser Foto.
2. Ihr Vater ist ein Freund deines Onkels.
3. Sie wissen, daβ ihr Vater kein Geld hat.
4. Was für einen Wagen fährt Ihr Freund？—Er fährt einen Sportwagen.

▌練習 6. A

1. 一個蛋加一個蛋等於兩個蛋。
2. Tür 的複數是 Türen。Fenster 單複數同形。
3. 您多大年紀？我二十三歲。
4. 一年有十二個月。每個月有三十一天或三十天。
5. 男人視工作為一切，女人視愛情為一切。
6. 學生們對那位教授的課提不起興趣。
7. 我的房間有四面牆，三個窗子和兩扇門。
8. 您沒有兄弟姐妹嗎？不，我有四個兄弟和五個姐妹。
9. 老師把這個城市的名勝指給男女學生們看。
10. 翻譯像女人一樣：信者不雅，雅者不信。

練習 6. ß

1. Hier schläft eine Katze.   Hier schlafen Katzen.

2. Wo ist unser Zimmer?   Wo sind unsere Zimmer?

3. Der Berg ist hoch, und das Tal ist tief.   Die Berge sind hoch, und die Täler sind tief.

4. Der Student versteht die Vorlesung des Professors nicht.

    Die Studenten verstehen die Vorlesung des Professors nicht.

練習 7. A

1. 她愛他，卻不信任他。

2. 我替您提行李。請您把它交給我。

3. 雖然他常寫信給她，她卻很少寫給他。

4. 我們羨慕你們。因為你們時間很多。

5. 您雙親近況好嗎？謝謝，他們很好。

6. 您喜歡這煙斗嗎？我把它送給您。

7. 我不高興你幫她忙。

8. 如果你幫助我，我就幫助你。

9. 明天六點半請叫醒我。

10. 歐洲有幾個國家？

練習 7. ß

1. Ich schreibe einen Aufsatz und zeige ihn ihnen.

2. Wenn es morgen regnet, besuche ich dich (Sie) nicht.

3. Ich beneide ihn nicht, obgleich er reich ist.

4. Er hilft ihr, aber sie hilft ihm nicht.

練習 8.

1. 我買一部自行車。Ich kaufte ein Fahrrad.

    Ich werde ein Fahrrad kaufen.

2. 你寫一封信給她。Du schriebst ihr einen Brief.

    Du wirst ihr einen Brief schreiben.

3. 他步行回家。Er ging zu Fuß nach Hause.

    Er wird zu Fuß nach Hause gehen.

4. 我們很幸運。Wir waren sehr glücklich.

　　Wir werden sehr glücklich sein.

5. 你喜歡閱讀哪方面的書？Was für Bücher last ihr gern？

　　Was für Bücher werdet ihr gern lesen？

6. 許多大學生想法和您一樣。Manche Studenten dachten wie Sie.

　　Manche Studenten werden wie Sie denken.

7. 您在德國停留多久？Wie lange blieben Sie in Deutschland？

　　Wie lange werden Sie in Deutschland bleiben？

8. 侍者為我送來一杯茶。Der Kellner brachte mir eine Tasse Tee.

　　Der Kellner wird mir eine Tasse Tee bringen.

9. 我在意大利渡假。Ich verbrachte meinen Urlaub in Italien.

　　Ich werde meinen Urlaub in Italien verbringen.

10. 我兒子學醫。Mein Sohn studierte Medizin.

　　Mein Sohn wird Medizin studieren.

練習 9. A

1. 劇場位於市中心。
2. 當叔叔為他們帶來禮物，孩子們感到高興。
3. 地球繞太陽運轉之際，同時也在自轉。
4. 他站在火車站等朋友。
5. 我們早已期待著假期的來臨。
6. 她因病而在床上已躺了三天。
7. 五點鐘我們在角落處的咖啡店見面吧。
8. 對不起，請問到火車站怎麼走法？
9. 和女朋友去觀賞戲劇之前，他又對鏡修了一次面。
10. 您還記得那次旅行嗎？是的，我記得很清楚。

練習 9. B

1. Er wäscht sich im Badezimmer. 　　　Er geht ins Badezimmer.

2. Sie sitzen auf dem Sofa. 　　　　　Sie setzen sich auf das Sofa.

3. Das Bild hängt über dem Klavier. 　　Ich hänge das Bild über das Klavier.

4. Wir liegen unter dem Baum. 　　　　Wir legen uns unter den Baum.

練習 10. A

1. 太陽從東方昇起，從西方落下。　　2. 我沒有參加旅行。

3. 一開始上課，他就睡著了。　　4. 請為我介紹令姊（妹）！

5. 我穿上套頭毛衣，如此才不會著涼。　　6. 在穿上套頭毛衣之前，我脫下夾克。

7. 往柏林的列車在哪個月台開出？

8. 這個觀光客在我們這列車抵波昂時上車而在科隆下車。

9. 列車何時抵慕尼黑？　　10. 到火車站時，請打電話給我。

練習 10. ß

1. Ich gehe jeden Morgen spazieren.

   Ich bin gesund, weil ich jeden Morgen spazierengehe.

   Ich werde jeden Morgen spazierengehen.

2. Die Sonne geht bald auf.

   Wenn die Sonne aufgeht, wird es hell.

   Die Sonne wird bald aufgehen.

3. Wir steigen dreimal um.

   Wissen Sie, daß wir dreimal umsteigen?

   Wir werden dreimal umsteigen.

4. Die Studenten übernachteten in der Hütte.

   Ich weiß nicht, ob die Studenten in der Hütte übernachteten.

   Die Studenten werden nicht in der Hütte übernachten.

練習 11. A

1. 您睡得好嗎？不，很糟。我清晨三點左右才睡著。

2. 因為喝了酒，他步行回家。

3. 像您這麼晚回家，您太太大概睡著了。

4. 你考試及格了嗎？不，我被當了。

5. 雖然我在德國不止三年，德語還是這麼糟。

6. 消防隊回來了。火已撲滅。

練習 11. ß

1. 我一向睡得很熟。　　　Ich habe immer tief geschlafen.

2. 孩子很快睡著了。　　　Das Kind ist bald eingeschlafen.

3. 您懂我的意思嗎？　　　Haben Sie mich verstanden？

4. 他兒子要當醫生。　　　Sein Sohn ist Arzt geworden.

5. 我喜歡德國。　　　　　Deutschland hat mir gut gefallen.

6. 大學生們反對戰爭。

   Die Studenten haben gegen den Krieg protestiert.

7. 我們還要在杜塞爾村停留兩天。

   Wir sind noch zwei Tage in Düsseldorf geblieben.

練習 12. A

1. 益書即良友。　　　　　　2. 小火車頭拉動了長長的列車。

3. 這位親切的女士是我們嚴師的太太。　　4. 我在一幢大房子裏面租了個小房間。

5. 人有貧有富。　　　　　　6. 盲者持白手杖而行。

7. 這個房間不亮。我不喜歡黑暗的房間。

8. （這些）山是高的。我喜歡攀登高山。

9. 報上有什麼新聞嗎？不，沒有什麼新消息。

10. 小的狗就叫做 Hündchen 或是 Hündlein。

練習 12. ß

1. Ein gesundes Kind hat rote Backen.

2. Der reiche Arzt schenkt seiner schönen Frau einen teu[e]ren Ring.

3. Der Deutsche (Die Deutsche) hat blondes Haar (blonde Haare) und blaue Augen.

4. Der fleißige Schüler schreibt seinem kranken Lehrer einen langen Brief.

練習 13. A

1. 如果你不想工作，你就得餓肚子。
2. 我無法幫你忙。因為我必須上課。
3. 我可以同行嗎？可以，如果你願意，就一起來。
4. 有人敲門。會是誰呢？
5. 他想送些精美的禮物給他新的女朋友。
6. 他應該和一位美麗的姑娘結婚。
7. 你喝了啤酒，所以不准開車。
8. 即使國王也必須遵守文法。
9. 你能稍候片刻嗎？我想儘快去買包香煙。
10. 我把鑰匙擱在房間裏而進不去。您會開鎖嗎？

練習 13. ß

1. Er kann den Text übersetzen.　　　　Er konnte den Text übersetzen.

   Er hat den Text übersetzen können.

2. Ich muß auch am Sonntag arbeiten.　　Ich mußte auch am Sonntag arbeiten.

   Ich habe auch am Sonntag arbeiten müssen.

3. Du darfst hier parken.　　　　　　　Du durftest hier parken.

   Du hast hier parken dürfen.

4. Sie will Deutsch lernen.　　　　　　Sie wollte Deutsch lernen.

   Sie hat Deutsch lernen wollen.

5. Sie sollen die Wahrheit sagen.　　　　Sie sollten die Wahrheit sagen.

   Sie haben die Wahrheit sagen sollen.

6. Das Kind mag Schokolade.　　　　　Das Kind mochte Schokolade.

   Das Kind hat Schokolade gemocht.

7. Der Professor läßt Bücher aus Deutschland kommen.

   Der Professor ließ Bücher aus Deutschland kommen.

   Der Professor hat Bücher aus Deutschland kommen lassen.

練習 14. A

1. 我們以前住的房子比現在的大。

2. 你比彼得年長或年輕？我長他兩歲，但是他已經和我一樣高了。

3. 德國所有河川裏要數萊因河風光最好。

4. 太陽在初昇時最美。

5. 愛情令人盲目。愛得愈深愈是盲目。

6. 他喜歡工作。我較喜歡打麻將，睡大覺則是我最大喜好。

7. 能告訴我最近的停車站在哪裡嗎？

8. 我太太賺的錢比我多得多。

9. 到火車站怎樣走最快？

10. 富者愈富，窮者愈窮。

練習 14. ß

1. Meine Tochter ist schon größer als ich.

2. Das Mädchen ist am hübschesten, wenn es lächelt.

3. Unter allen Ländern ist die Schweiz das schönste.

4. Je mehr Sie essen, desto (um so) dicker werden Sie.

練習 15. A

1. 替我診斷的大夫是家父的朋友。

2. 有些病徵尚未明瞭。

3. 我去找擁有這雙手套的女士。

4. 我也想看這部你覺得如此有趣的片子。

5. 瑞士有終年積雪的山峰。

6. 下不了決心的人，也不會想下決心。

7. 我不做違禁的事。

8. 我希望有個能使我信任的朋友。

9. 不學他國語言的人，無法了解本國語言。（歌德）

10. 老師問道：「地球上獅子唯一懼怕的動物是什麼？」小瑪利亞答道：「母獅。」

練習 15. ß

1. Wer ist der Herr, der gestern bei Ihnen war？

2. Der Aufsatz, den er geschrieben hat, ist sehr interessant.

3. Eine Frau, deren Mann schon gestorben ist, heißt Witwe.

4. Wer viel redet, [der] handelt gewöhnlich wenig.

練習 16. A

1. 美洲在一四九二年為哥倫布所發現。　　2. 水不一定撲滅得了火。

3. 放著唱片，並載歌載舞。　　　　　　4. 在德國星期日商店是關閉的。

5. 一名消防隊員跳入燃燒中的房子救出哀號的孩子。

6. 據說蘇格拉底日夜被其太座珊弟波虐待。

練習 16. ß

1. 兒子整理信件（信紙）。Die Briefe werden von dem Sohn geordnet.

   Die Briefe wurden von dem Sohn geordnet.

   Die Briefe sind von dem Sohn geordnet worden.

2. 俄羅斯人發射火箭到月球上。

   Eine Rakete wird von den Russen zum Mond geschossen.

   Eine Rakete wurde von den Russen zum Mond geschossen.

   Eine Rakete ist von den Russen zum Mond geschossen worden.

3. 教授邀你飲茶。Du wirst von dem Professor zum Tee eingeladen.

   Du wurdest von dem Professor zum Tee eingeladen.

   Du bist von dem Professor zum Tee eingeladen worden.

4. 消防隊員拯救哀號的孩子們。

   Die schreienden Kinder werden von den Feuerwehrmännern gerettet.

   Die schreienden Kinder wurden von den Feuerwehrmännern gerettet.

   Die schreienden Kinder sind von den Feuerwehrmännern gerettet worden.

5. 他不回答我。

> Es wird mir von ihm nicht geantwortet.
> Mir wird von ihm nicht geantwortet.

> Es wurde mir von ihm nicht geantwortet.
> Mir wurde von ihm nicht geantwortet.

> Es ist mir von ihm nicht geantwortet worden.
> Mir ist von ihm nicht geantwortet worden.

6. 星期日休假。Am Sonntag wird nicht gearbeitet.

Am Sonntag wurde nicht gearbeitet.

Am Sonntag ist nicht gearbeitet worden.

練習 17. A

1. 帶個重皮箱旅行不是件快活的事。 　2. 我父親不准我在河裏沐浴。

3. 我們有權利自己選擇政府。 　4. 我不後悔買下照相機。

5. 他決定出售他的房子。 　6. 我很高興認識您。

7. 還有幾封信要寫。

8. 許多女人到劇院，不是去觀劇，而是被觀賞。

9. 不要用字典，把這份文件翻譯出來！

10. 我的字典裏找不到這個字。

練習 17. ß

1. In diesem Fluß zu baden [, das] ist sehr gefährlich.

   Es ist gefährlich, in diesem Fluß zu baden.

2. Der Arzt empfiehlt mir, jeden Morgen spazierenzugehen.

3. Dieser Patient ist schnell zu operieren. Das ist ein schnell zu operierender Patient.

4. Komm und hilf der Mutter! Kommt und helft der Mutter!

練習 19. A

1. 他給我來函說不久將來訪，但他雙親不能同來。

2. 我丈夫認為他自己需要錢用，而我不需要錢用。

3. 認為神不存在的信仰，我們稱為無神論。

4. 戴奧頁尼斯認為，人愈是清心寡慾，則愈幸福。

練習 19. ß

1. 醫生對我說：「您一點兒病也沒有。」Der Arzt sagte mir, ich sei gar nicht krank.

2. 大學生們說：「在青年旅館過夜以後，我們就繼續徒步旅行。」

   Die Studenten sagen, sie seien weiter gewandert, nachdem sie in der

   Jugendherberge übernachtet hätten.

3. 母親對她兒子說：「用功一點，否則你會考不及格。」

   Die Mutter sagt ihrem Sohn, er solle fleißiger sein, sonst werde er im Examen

   durchfallen.

4. 她寫信給我：「請再光臨敝處！」Sie schrieb mir, ich möge sie einmal besuchen.

5. 這外國人問我道：「這城市有博物館嗎？」

   Der Ausländer fragte mich, ob es in dieser Stadt ein Museum gebe.

練習 20. A

1. 幸福不外求！

2. 你們之間誰不曾犯罪，誰就向她扔第一個石子！（聖經）

3. 我妹妹常說：「如果我是男士，我就和像我這麼溫雅的女孩結婚。」

4. 如果哥倫布沒有發現美洲，另一個哥倫布也會發現。

5. 沒有你我再也活不下去。

6. 如果我沒犯下這個錯誤就好了！

7. 活著，好比你將永生不老般地活！活著，好比你明天將死去般地活！（甘地）

8. 如果德文文法不這麼複雜就好了！

9. 您不向我介紹令尊嗎？

10. 我想這（事）不值得推介。

練習 20. ß

1. Wer die Antwort weiß , [der] hebe die Hand!

2. Wenn ich Geld hätte, } so { kaufte ich ein Auto.
   Hätte ich Geld,   würde ich ein Auto kaufen.

3. Wenn ich das gewußt hätte, } so { hätte ich es Ihnen gesagt.
   Hätte ich das gewußt,   würde ich es Ihnen gesagt haben.

4. Er tut, { als ob er alles wüßte.
             als wüßte er alles.

暢銷書推薦

書名	台幣定價	出版社	印刷
韓語 40 音輕鬆學 (書附 MP3+ 掛圖)	NT$160	統一出版社	全彩
韓國語快樂學輕鬆說 - 第 1 冊 (書附 MP3)	NT$499	統一出版社	全彩
韓國語快樂學輕鬆說 - 第 2 冊 (書附 MP3)	NT$499	統一出版社	全彩
韓國語快樂學輕鬆說 - 第 3 冊 (書附 MP3)	NT$499	統一出版社	全彩
情境華語 (書附 MP3)	NT$400	統一出版社	全彩
輕鬆學中國話 (書附 MP3)	NT$399	統一出版社	全彩
超實用廣東話 (書附 MP3)	NT$299	統一出版社	單色
大家來學廣東話 (書附 MP3)	NT$350	統一出版社	雙色
學台語不分國籍 (附 3CD)	NT$350	統一出版社	雙色
大家來學台語 (書附 MP3)	NT$350	統一出版社	雙色
大家來學客家話 (書附 MP3)	NT$350	統一出版社	雙色
基礎越南語 (書附 2CD)	NT$350	統一出版社	單色
越南人學中文 (書附 3CD)	NT$350	統一出版社	單色
越南語 7000 單字 (書附 MP3)	NT$350	統一出版社	單色
基礎菲律賓語 (書附 2CD)	NT$300	統一出版社	單色
基礎印尼語 (書附 2CD)	NT$300	統一出版社	單色
印尼語 7000 單字 (書附 MP3)	NT$399	統一出版社	單色
印尼語人學中文 (書附 2CD)	NT$350	統一出版社	單色
泰語字母發音入門 (書附 MP3)	NT$250	統一出版社	單色
大家來學泰語 (書附 MP3)	NT$500	統一出版社	全彩
輕鬆學法語快易通 (書附 MP3)	NT$350	統一出版社	全彩
最新基礎法語 (書附 MP3)	NT$349	統一出版社	雙色
最新法語發音語法會話 (書附 MP3)	NT$349	統一出版社	雙色
最新西班牙語入門 (書附 MP3)	NT$349	統一出版社	單色
最新西班牙語文法 (書附 MP3)	NT$349	統一出版社	單色
實用西班牙話 (書附 MP3)	NT$299	統一出版社	單色
阿拉伯語會話 (書附 MP3)	NT$350	統一出版社	單色
K.K. 音標 - 美語發音法 (書 +3CD)	NT$390	統一出版社	雙色
自然發音快易通 (書 +3CD)	NT$299	統一出版社	雙色
初學德語會話 (書附 MP3)	NT$250	統一出版社	雙色
最新德語發音入門 (書 MP3)	NT$349	統一出版社	雙色
魅力德語入門 (附 MP3)	NT$350	智寬文化	全彩
魅力法語入門 (附 MP3)	NT$300	智寬文化	全彩
魅力西班牙語入門 (附 MP3)	NT$300	智寬文化	全彩
太神奇了！原來日語這樣學 (附 MP3)	NT$350	智寬文化	全彩
用中文說越南語 (附 MP3)	NT$380	智寬文化	雙色
史上第一本！中文日文語言交換書 (附 MP3)	NT$350	智寬文化	雙色
搞定韓語旅行會話就靠這一本 (MP3)	NT$249	智寬文化	全彩
超夠用韓語單字會話醬就 Go (附 MP3)	NT$249	智寬文化	全彩

國家圖書館出版品預行編目(CIP)資料

最新基礎德語 / 張克展 作. -- 第四版. --
新北市： 統一， 2012.12
面 ； 公分
ISBN 978-986-6371-50-9(平裝)
1. 德語 2.讀本
805.28   101026933

德語學習系列 GM6

最新基礎德語
2014年9月 第四版 第3刷

編著者	張克展
審訂／錄音	Klose（德籍教師）
出版／發行	統一出版社有限公司
地址	新北市235中和區中山路二段409號5樓
E-mail	bamboo.chi@msa.hinet.net
電話	02-82215077・02-82215078
傳真	02-82215075
印刷者	彩之坊科技股份有限公司
定價	新台幣400元
郵政劃撥・戶名	19371993・統一出版社有限公司
統一出版社 blog	http://blog.xuite.net/tongyi_01/wretch